雨の日は、一回休み　目次

装　　丁――岡本歌織（next door design）
装丁写真――保井崇志

第一話　スコール

一

台風が近づいている。

風はまだない。雨が降りはじめたらしく、小会議室の窓には水滴が斜めに走っている。高台にある社屋は見晴らしがよく、重苦しく垂れ込めた雲が不穏なほどに近かった。

たまたま空いていた部屋に通されたので、エアコンは先ほどつけたばかり。座っていても、脇にじわりと汗が滲《にじ》む。だがそれを気にしている余裕はなかった。

「なんですって？」

問い返すと、ほどよく日に焼けた頬が震えた。長机の正面に掛けた部長の獅子堂《ししどう》が、寝不足の山羊《やぎ》のような顔で手を組み替える。

「だからね、喜多川《きたがわ》進《すすむ》くん」

あえて進に、フルネームで呼びかけてきた。

「君に、セクハラの訴えが上がってきているんだよね」

理解の追いつかない幼子《おさなご》に言い聞かせるように、噛んで含める。強そうな名字とは裏腹に、獅子堂は声まで山羊に似ている。

「そんな馬鹿な！」

進は机を叩いて立ち上がる。十八年前、妻の妊娠が分かってすぐにベトナム支店への転勤が決まったときも、これほど動揺はしなかった。

「いったい誰が、そんなデマを」

「デマなのかい？」

　獅子堂が薄い眉を持ち上げる。こう見えて、食えない男だ。

「デマでしょう。身に覚えがないんですから」

　セクハラ、パワハラに厳しいこのご時世、部下との接しかたには人一倍気を配っている。中間管理職に義務として課されている講習にも、何度出席したことか。服装や髪型を褒めただけでセクハラと騒がれるなんて、自意識過剰すぎやしないかと文句を言いたくもなるが、それが新たな社会のルールならば適応するしかない。

「こういうものは、相手の受け取りかた次第というからねぇ」

　獅子堂は今度は眉を八の字にして、同情の意を示す。

　語尾が伝聞調なのは、彼自身にも実感がないからだ。来年には定年を迎えようとしている上司に、今どきの女の心理が分かるものか。なにせ獅子堂が入社したころにはまだ、男女雇用機会均等法すらなかったのだから。

「それでも私は、しておりません！」

　進は鼻息を荒くして言い切った。それについては自信がある。

　職務上、女子社員と二人で出張に赴《おもむ》くこともあり、行き先が海外だったりもするが、相手のプライバシーに配慮して新幹線や飛行機の座席すら分けている。出張先でも、ホテルに着けばそこまで。取引先が絡まなければ、夕飯すら別々だ。慣れぬ土地の空気に浮かれ、しつこく酒に誘ったりなどしない。

ひと昔前ならコミュニケーション不足と非難されそうな接しかたである。でも今は、きっとこれが正しいのだろう。

だいたい「ここまでがセクハラ」という明確な線引きもなく、一方の価値観のみに判断が委《ゆだ》ねられているのは不公平だ。世のオヤジたちはどこまで気を遣えばいいのか。逆差別で訴えたいのはこちらのほうだ。

「いったい誰が、そんなことを？」

「相手方も、大事《おおごと》にはしたくないと言っているんだよ」

「だから、誰なんです！」

「やめなさい、犯人捜しのような真似は」

穏やかな口調ながらもぴしゃりと遮《さえぎ》られ、進はますます混乱した。言えないとはどういうことだ。相手は俺を、陥《おとしい》れようとしているかもしれないのに。

「君の処分を求めているわけじゃない。ただ、今後はもう少し配慮してほしいとのことで」

「相手が分からず、どんな言動を指してセクハラと言っているかも分からないのに、どう配慮しろというんですか！」

あまりの理不尽に、つい声を荒《あら》らげてしまった。身を乗り出した進に、獅子堂はしれっと答える。

「セクシャルな発言を慎めばいいんじゃないかな」

「だから、していません！」

堂々巡りだ。進には、弁解の機会すら与えられない。部下の口から「セクハラ」という単語が出た。それだけでもはやアウトなのだ。

「とにかくもう、仕事と関係のない会話はしないくらいのつもりで。それでずいぶん防げるでしょう」

「は？」

ふざけるな。口から零《こぼ》れ落ちそうになった悪態を、どうにかこうにか飲み下す。怒りのやり場はどこにもない。頭に白いものが目立つようになった獅子堂に、進は「衰えたな」と哀れみの眼《まな》差《ざ》しを送った。

この男もかつては、赤獅子の異名を取るほどパワフルだった。「もう三日寝ていない」と笑いながら栄養ドリンク片手に仕事をし、よく食べよく飲みよく遊び、自分と同じだけの働きを部下にも求めた。あだ名の由来は顔が常に酒焼けしていたから。進も新入社員時代にずいぶん鍛えられ、酔い潰されたものだった。

たしか七、八年前に、肝臓を切ったんだったな。

獅子堂が大人しくなったのは、そのあたりからだ。古き良き日本のサラリーマンが流行《はや》らなくもなっていた。今では退職までの一年を、無難にやり過ごすことしか考えていない。この「セクハラ」問題についても、これ以上深く掘り下げるつもりはないのだ。

「風が出てきたみたいだね」

　この話はもう終わりとばかりに、獅子堂は外に目を向けた。地上十七階の小会議室からは木々のざわめきなどは見えないが、窓に当たる雨が横殴りになっている。

「今日は定時で上がるよう、皆に伝えといてくれ」

　台風なんてなんのその、家に帰らなくていい理由ができたぞと、浮かれ騒いでいた時代はすでに遠い。銀座や六本木のクラブにも、すっかり足を向けなくなった。日本の経済がジリ貧になってゆくわけである。

　けれども時代、すべては「時代」だ。ネットやＳＮＳの普及で意識の変化はどんどん早まってゆく。逆行させる力は誰にもなく、古い人間はうまく折り合いをつけてゆくしかない。

　だが身に覚えのないセクハラまで、俺が悪かったと謝らねばならないのだろうか。

「じゃ、そういうことで」

　少しも納得していない進の肩を叩き、獅子堂が会議室を後にする。去り際に、隠しようのない加齢臭を残して行った。


　ウィンウィンウィン、音を立ててキャタピラが回る。一定のリズムを刻んでいた靴音が、二段階ほど速くなる。

　キツい。ランニングマシーンの設定をインターバル走にしているため、一分ごとに高速と低速が切り替わる。低速で息が整ったと思えばすぐさま崩されて、何度も自分を追い込まねばならない。だが、脂肪の燃焼には効果的だ。

都内全域に暴風雨警報が出されているため、スポーツジムはいつになく空《す》いている。会員は同グループの店舗であれば、日本全国どこでも利用できるのがありがたい。知り合いに会いそうな自宅最寄り駅近くのジムなんて、こんなときでもなければ使わない。

速度が再び低速に切り替わった。進は首に掛けたタオルで汗を拭《ぬぐ》い、スポーツドリンクを口に含む。Ｔシャツの色が変わるほど、しっかりと汗をかいている。

体を動かすのは昔から好きだ。中学から大学までテニス部で、その縁で先輩から今の会社に誘われた。進が勤める「平安火災海上保険」は部活動が盛んで、実業団の大会ではいつも好成績を収めている。つまりテニス部の即戦力として、進は必要とされていたのだ。

そんなふざけた理由ですんなり入社できてしまったのだから、その後の就職難を経験した世代から恨まれるのもしょうがない。だがあれだって、そういう時代だった。周りの奴らも内定式がハワイだとか、研修と称したクルーズに連れて行かれたりだとか。それが普通で疑問にも思っていなかった。

たしかに就職は楽勝だった。内定なんかいくらでも取れた。ずるいと責められても羨《うらや》まれても、それはべつに進のせいじゃない。そういう時代に生まれてしまったというだけだ。

だから今の窮屈な時代に生まれちまった連中も、可哀想といえば可哀想なんだが――。

ランニングマシーンの速度がまた替わる。今度は高速。そろそろ勘弁してくれと誰にともなく許しを請いつつ、足を速める。

追い込まれるごとに、顔が熱くなる。こめかみの血管が、どくんどくんと脈動する。

ちくしょう、ちくしょう、ちくしょう。

ランニングのリズムに合わせ、胸の中で悪態をついていた。

俺の言動をセクハラ呼ばわりしたのは、どこのどいつだ、ちくしょう！

進は今、国内大手企業を相手にリスクマネジメントを行う総合営業第二部、第三課の課長である。部下は十一人。その中で女性は四人いる。

腹立ちついでに一人一人、顔を思い浮かべてゆく。

まずは鯉《こい》川《かわ》みさき。海外勤務も辞さぬつもりの才媛だが、今のところお呼びはかかっていない。歳は不《ふ》惑《わく》を過ぎたあたりで、既婚、子供なし。思い返してみれば一度、「海外に行くことになったら旦那さんはどうするの？」と聞いてしまったことがある。あれがまずかったのだろうか。

それから美《み》園《その》園《その》美《み》。親が悪ふざけで名づけたのかと思いきや、よりにもよって美園さんと結婚してしまったらしい。三十半ばで、現在妊娠五ヵ月目。体が本調子ではないのだから本来ならもっと業務負担の軽い部署に行ってもらったほうがいいのだが、下手に異動させようとするとマタハラと騒がれかねず、内心では自分から希望を出してくれと願っている。つわりの時期にはトイレに籠もり、仕事に穴を開けてしまうこともあった。ようやく安定期に入ってくれたようでなによりだ。しかし体を気遣うつもりで掛けた言葉を、セクハラと捉えられた可能性はある。

次は城《じょう》ノ《の》内《うち》茜《あかね》、ちょうど三十歳。なぜ彼女だけ正確な年齢を知っているかというと、「三十までに結婚できなかったぁ！」と誕生日当日に大騒ぎしているのを聞いたからだ。憂《う》さ晴らしに数人で飲みに行くというので、物分かりのいい上司を装《よそお》って、いくらかカンパしてやった。その際に、「三十なんてまだ若い、若い」と笑い飛ばしたのがいけなかったか。城ノ内自身は気にしていなくとも、歳上の女二人には当てつけのように聞こえたかもしれない。

そして山田《やまだ》佑月《ゆづき》、二十半ば。この子である可能性は、低いと思う。出身が関西というのもあり、愛らしい外見のわりに抜群にノリがいい。酒の席では隣に来て酌をしてくれるし、「彼氏はいるの？」なんていう不用意な質問にも「やだそれ、セクハラですよぉ」と笑って返すことができる。第三課に異動してきたばかりのときにはずいぶん仕事の相談に乗ってやり、進には懐《なつ》いてくれているはずだった。彼女が犯人だとしたら、そうとうにショックである。

分からない。考えれば考えるほど、不安が膨《ふく》らんでゆく。

ピッピッピッと、ランニングマシーンがプログラムの終了を知らせてくる。クールダウンのため緩くなってゆく速度に合わせ、乱れた息を整える。

疲れた。だがこれも風呂上がりのビールを、思う存分味わうためだ。

四十を過ぎたあたりから、油断するとすぐ腹周りに脂肪が溜まるようになった。会社のテニス部はベトナムへの異動を機に辞めていたから、運動不足も祟《たた》ったのだろう。やばいと思ってからはどんなに忙しくても週に三日はジムか、屋外をジョギングすることに決めている。

こんな努力も半分ほどは、女子社員の心証をよくしたいがためだ。同じ「髪切った？」という質問でも、冴えないオヤジとイケてるオヤジじゃ受け取る印象がまるで違うと聞いたからだ。

いやもう、知るか！　それこそ容姿差別ではないのか。冴えないオヤジに人権はないのか！
オヤジたちよ、なぜ一致団結して立ち上がらない？
きっと文句を言ったところでよけいに傷つく羽目《はめ》になると、経験上知ってしまっているからだ。だって女たちにはアレがある。伝家の宝刀、「だって、生理的に受けつけないんだもん」が。あれの破壊力ときたら、まるで鈍器のような分厚い剣で圧《お》し斬《ぎ》りにされるようなものだ。まず「生理的」の基準が分からない。かき氷のブルーハワイがけっきょく何味なのかというくらい得《え》体《たい》が知れない。そのくせ圧倒的なパワーで迫ってくる。全人格を、いや存在自体を否定する勢いで。

もっとも社会人として、相手に不快感を与えるほど、容姿に構いつけないのはＮＧだ。男の目から見ても、あれは庇《かば》えないと見放してしまうオヤジもいる。ああはなるまいと己《おのれ》に言い聞かせ、けっきょくは女子社員に気に入られるべく、運動に励んでいるというわけだ。

そんな努力の甲斐あって、五十過ぎにしては悪くないと進は己を評価している。体型はキープしているし、元々モテるほうだったので顔立ちもまずくはない。ほんの数年前までは、妻にはちょっと言えない関係の女もいた。「生理的に無理」と斬られるタイプとは違うのだ。だって、こんなに努力しているのだから。

なのに、よりによってこの俺を、セクハラオヤジ扱いしやがって。

自分こそ、言われなき中傷を受けた被害者だ。犯人捜しのようなことはやめろと獅子堂は言ったが、フォローすらできないこの状況で、明日からどうやって仕事を進めていけばいいのだ。

容疑者は四人。こうなったら、必ずあぶり出してやる。

べつに相手を責めたいわけじゃない。再発防止のために、なにがいけなかったのかを知りたいだけだ。それすら許されないというのなら、俺たちに明日はない。

ランニングマシーンが完全に停止するのを待ってから、進は床を踏み締める。まだ少し、地面が動いているような心地がする。

ウィンウィン、ウィンウィン。耳の奥にキャタピラのうねりが残っている。その音を聞きながら、進はマシンのスタンドに立てかけてあったスマホを取り上げた。

二

台風は夜中のうちに太平洋へと抜け、温帯低気圧に変わったらしい。

見上げれば台風一過の青空だ。だが風は朝まで残り、通勤の足を大いに乱した。

相次ぐ運休と運転見合わせのため、始業の一時間前には社に着いているつもりだった進は、ぎりぎりになってようやく総合営業第二部のドアの前まで辿り着いた。

通勤電車の混み具合は凄まじく、スーツは他人の汗まで吸ってよれよれだ。それでも目の前の女子高生に、触れてはならんと鞄を持ったまま両手を上げていた。いったいなんの苦行かと思うが、自分にも高校生の娘がいる。痴漢冤罪で捕まっては目も当てられない。

ただ会社に着いただけというのに、すでにくたくたである。本音を言えば家に引き返して寝たい。そんな純粋な欲求と、常に戦いながら生きている。

気合を入れるように息を大きく吸って吐き、進はスーツの乱れを直す。ドアを開けてみると、フロア内に人影はまばらだった。皆まだ階段まで膨れ上がった電車待ちの人混みに巻き込まれて、動けずにいるのだろう。

「おはようございます」

それでも鯉川みさきはすでに席に着き、ドリップマシンのコーヒー片手にパソコンと向き合っていた。

誰にも邪魔されないのがいいと言って、彼女はたいてい始業の四十分前には出社している。窓を開けて換気をし、コーヒーを淹《い》れ、新鮮な空気と香ばしいにおいを吸い込みながら、メールチェックやスケジューリングといった仕事の準備を済ませてしまう。

自宅最寄り駅も会社から二駅しか離れておらず、その気になれば歩いて来られる。強風の影響は、ほとんど受けなかったと見える。

「すまない、遅くなった」

「べつに私は、いつも早めに来ていますから」

その習慣を利用して、始業前にヒアリングができないかと打診していた。業務連絡の円滑化のため、ＬＩＮＥのＩＤは十一人の部下全員分を把握《はあく》している。

「でも今朝はちょっと、無理があったみたいですね」

鯉川みさきは顎先《あごさき》で切り揃えた髪を揺らし、唇を窄《すぼ》めるようにして微笑《ほほえ》んだ。よりによって台風の翌朝にヒアリングを設定してくる、上司の無能を嘲笑《あざわら》うかのようである。

「いや本当に、すまない」

この女には、人の過失をわざとあげつらうところがある。有能だが、後輩受けはよろしくない。それでも人のことはよく見ており、今はその観察眼に頼りたいところだ。

「それで、どうします？」

問われて周りを見回すも、他の部下たちが現れそうな気配はない。スマホを見れば、現状を知らせるＬＩＮＥが人数分入っていた。誰もが駅で待ちぼうけを食らっているか、途中停止した電車の中で途方に暮れているか。到着時間はばらばらになりそうだ。

「じゃあ皆が来るまで、ちょっと時間をもらっていいかな」

フロアのパーテーションに区切られた向こう側は、ちょっとした打ち合わせもできるヒアリングスペースになっている。そちらを顎で示すと、鯉川みさきは「しょうがないな」とでも言いたげに立ち上がった。

「はぁ、仕事の割り振りですか」

進のぶんまでコーヒーを注《つ》いでくれ、身構えるようにヒアリングスペースに座った鯉川みさきは、要件を聞いて見るからに肩を落とした。

わざわざ始業前に時間を取れと言うのだから、前々から希望を出している海外勤務について、なにかしら打診があるものと期待していたのだろう。当てが外れて、これ見よがしにため息をつきさえした。

　鯉川には悪いが、これぱっかりは進の一存でどうにかできるものではない。「平安火災」は旧態依然とした日本企業であり、女性役員は一人しかいない。それも政府からの指導により、「一人くらいいないとまずいらしい」と焦っての登用だ。そのお陰で獅子堂は、部長のまま定年を迎えることに決まった。

　そんな会社だから、女性の海外赴任は稀《まれ》である。ありていに言えば進だって、どちらかといえば男性に行ってもらいたい。赴任先は治安のいい所ばかりではないのだ。トラブルに巻き込まれでもしたら、社としては責任を負わねばならない。

「そう。美園さんの担当先の割り振りで、女性社員に不満が出ていないかと思ってね」

　鯉川の落胆には気づかぬふりを装って、進はかつて「爽やか」と評された笑顔で頷《うなず》き返す。だが歳を重ねた鯉川には通用しない。それどころか不審の眼差しを向けてくる。

「どうしたんですか、急に」

「いや、広重《ひろしげ》くんが慣れるまでは大変だろうと思ってさ。どうしても、負担が増えてしまうから」

　広重良《りょう》太《た》は数ヵ月後に産休、育休を取る予定の美園園美の代わりに、先月末に三課へと異動してきた若手社員だ。美園の担当先をすべて引き継ぐには経験不足も甚《はなは》だしく、しばらくは周りに割り振りながら仕事を進めてゆくことになる。

「不公平感は出ていないだろうか。僕への不満でもなんでもいいから、聞かせてくれないかな」

最後にさりげなく本題を滑り込ませた。女性社員同士なら、進に対する愚痴くらい言い合っているかもしれない。奴らはその場にいない人間をあげつらうことにかけては天才的だ。進にハラスメントを受けたと感じているなら、陰でひどいことを言っているに違いない。

三課は大手電機メーカーを顧客とする花形部署だ。名だたる大企業とわたり合わねばならないこの課の女は、たとえ大人しく見えたとしても気が強かった。

「べつに。忙しくなるとは思いますが、パンクするほどではありません」

「そうか。なにか、僕が改めるべきところは？」

「はぁ。では、一ついいですか？」

「どうぞ」

なにを言われても取り乱さぬよう、進は頬を引き締める。鯉川みさきは、不機嫌を隠しもせずに言い放った。

「こういった業務上のヒアリングを、始業前にセッティングするのはいかがなものかと。たしかに私は自主的に早出をしておりますが、本来なら業務時間外です」

それでもヒアリングをＯＫしたのは、自分にとっていい話だと思ったから。そんな本音をぷんぷん匂わせてくる。

「そうだな。配慮が足りなかった、すまない」

どうせ早く来ているんだから、ちょっとくらいいいじゃないか。そう思ってはいても、こちらの本音は包み隠す。面倒なことになる前にと、進は素直に謝った。

「それから、なぜ女性社員に限定するんですか」

「へっ？」

言いたいことは一つではなかったのか。鯉川みさきは止まらない。

「美園さんのフォローは課全体でするべきもので、実際の割り振りもそうなっています。なのになぜ、女性だけが不満を抱いていると思われたんでしょうか」

「いや、違うんだ」

そんなことは思っていない。手っ取り早く己の評価を知りたくて、女性に限ったのが裏目に出た。

「子供がいない私や、結婚したがっている城ノ内さんが、美園さんを羨んでいるとでも？」

「まさか。そんなつもりで言っていない」

「じゃあ、どんなおつもりで？」

「女性同士なら、僕に言いづらいことでも話し合っているんじゃないかと」

「それってけっきょく、女の嫉妬《しっと》は怖いよねっていう話でしょう」

ぞっとした。会話がちっとも捗《はかど》らない。

むしろそうやって執拗《しつよう》に絡んでくるあたりが、美園園美に対する嫉妬の裏返しではないのか。

他者の幸せのために、自分の負担ばかりが増えてゆくと思ってはいまいか。

「そんな神経質にならなくても。君は元々、仕事に生きるタイプだろう」

早口に言い募る鯉川を宥《なだ》めるため、進は彼女自身の言葉を持ち出した。以前鯉川に「海外に行くことになったら旦那さんはどうするの？」と尋ねたとき、たしかにそう答えたのだ。「大丈夫です、仕事に生きることにしたので」と。

　ところが無表情に徹していた鯉川は、進の発言に眼差しを尖《とが》らせた。

「勝手に決めつけないでください」

「いや、勝手って君――」

「子供のいない夫婦が、すき好んで子なしでいるとはかぎらないでしょう」

　それはちょっと、話が飛躍しすぎじゃないか。わけが分からなくて、進は相手の顔をぽかんと眺める。

　理解はあとから追いついてきた。そうか、本当のところ鯉川は、子供がほしかったんだな。彼女の言葉には、省略された部分があったのだ。補足するならば、「大丈夫です、『子供は諦めて』仕事に生きることにしたので」となるのだろう。そこを読み取れなかったのは、進の落ち度だ。

「お話は、以上ですか。そろそろ皆が出社してきたようですが」

　気がつけばパーテーションの向こう側に人の気配が増え、渾然《こんぜん》とした話し声に満たされている。そろそろ潮時だ。

「ああ」

　進が頷くのを待って、鯉川は立ち上がり、一礼して去ってゆく。礼儀正しさの中に怒りが込められているようで、すぐ後に続いてフロアに戻る気にはなれなかった。

よりによって不妊などというセンシティブな問題に、不用意に踏み入ってしまうとは。

ずるずると、進はその場に突っ伏した。

なにをやっているんだ、俺は。

事態はさらに、悪化した。


顔を上げる気力もなく、パーテーションが向こう側からノックされるまで、進はそのままじっとしていた。

「課長」

呼びかけられてようやく、むくりと上体を起こす。

「なんだ？」

返事をするとパーテーションの切れ目から、広重良太が顔を出した。頰がふっくらしているせいか、二十後半とは思えぬ童顔だ。

「あの、そろそろサニーさんに向かいませんと」

「ああ、もうそんな時間か」

朝一でアポを取っていたのを忘れていた。海外に支店や工場をいくつも持つ大手電機メーカーともなると、土地建物、備品、原材料、流通（自動車及び海損）、デジタルシステムなど、損害補償の範囲は多岐《たき》にわたる。そこで「損害保険グローバル」と銘打《めいう》ち、様々なリスクに備えた提案、サポートを担《にな》っているのがこの部署だ。

「よし、急ごう」

いつまでも落ち込んではいられない、仕事がある。進は景気づけに両膝を打ち、立ち上がる。サポートとして、広重良太が同行することになっている。

デスクに戻ると、部下たちの顔はあらかた揃っていた。多摩方面からの通勤者がまだ電車内に閉じ込められているようだが、午前中のアポはないというからまぁいいだろう。

部署内の朝礼は廃止されたため、それぞれがすでに自分の仕事に取りかかっている。通り一遍の挨拶《あいさつ》が済むと、すぐに個々の作業へと戻ってしまった。

トイレにでも行ったのか、フロア内に鯉川みさきの姿はない。まさか泣いているんじゃないだろうなと、進はますます憂鬱《ゆううつ》になった。

「課長、これ、資料です」

広重が玉紐《たまひも》つきの封筒を差し出してくる。

「ん」と無造作に伸ばした手が、うっかり彼の指に触れた。

すまんと謝りそうになり、ああ男だったと安堵《あんど》する。変に思われてはいないかと、よけいな気を回さなくても大丈夫だ。

「なんですか？」

感動のあまり広重の顔を、じっくりと眺め回していた。身長の低い広重が、首を傾《かし》げて見上げてくる。

「いいや、なんでもない」

ちょうどいい位置にあったため、広重の頭をぽんぽんと叩く。それにしてもこの男の、貫禄のなさはどうにかならないものだろうか。

「前髪、上げたほうがいいかもな」

「そうですか」

「ああ。サニーとの打ち合わせが終わったら、ワックスでも買って戻るといい」

男同士はいい。どこに地雷が埋まっているか分からない女とは違い、単純だ。連れ立って歩くときの距離一つ取っても、無駄に構えなくていい。

楽だなぁ。

鯉川みさきと相対していたときの精神的重圧から解放されて、進はホッと息をついた。

三

ちくしょう、ちくしょう、ちくしょう！

二度揚げされた黄金色の唐揚げに、さくりと箸を突き立てる。透明の輝く肉汁が、その穴からじんわりと滲み出てきた。

なんだって俺が、こんな目に遭《あ》わなきゃいけないんだ。

理不尽が積み重なって、気を抜くと涙がこぼれそうだった。

夕刻になり、取引先とのミーティングを三件終えて社に戻ると、またもや獅子堂に呼び出された。セクハラ告発の犯人が、再び動いたというのだ。

「ちっとも反省している様子がないと、訴えが上がってきたぞ。君はなにをしとるんだ」

犯人め、ついに馬脚《ばきゃく》を現したか。

鯉川みさきに対し、失言をしてしまったのは今朝のこと。このタイミングで獅子堂に言いつければ、自分が告発者だとばらしているようなもの。それが分からぬ鯉川ではなかろうに、怒りのあまり冷静さを欠いてしまったようだ。

間違いない。犯人は、鯉川だ。

なにがセクハラだ。たしかに今朝は焦りのあまり、まずい発言をしてしまった。それは認める。だが、はじめにつっかかってきたのは鯉川だ。人の言葉尻をあげつらい、追い詰めておいて「傷つきました」ってか！

不適切な発言があったにしろ、相手は四十過ぎの既婚のオバサンではないか。特に若く見えるわけでも、美容に気を遣っているわけでもない。そこにセクシャルな意図などないと、分かりそうなものを。小娘でもあるまいに、騒ぎすぎなのだ。

「バブル入社組はどうも、部下の扱いがねぇ」

お陰で獅子堂に、そんな厭味《いやみ》を言われてしまった。

とにかく人数の多かったバブル入社組。出世競争の苛烈《かれつ》さゆえにポストがなかなか回ってこず、平社員に甘んじた時期が長かった。おまけにすぐ下は採用人数の絞られた氷河期世代で、後輩や部下の指導を若いうちから学ぶこともできなかった。

だがそれも、時代だ。上からも下からも、「バブル入社組」と蔑《さげす》まれる俺たちだ。

「これ以上は君、評価に関わるよ」

ふざけるな、ふざけるな、ふざけるな！

たとえ蔑まれても、社への忠誠を試されているとしか思えない異動があっても、やりづらい部下をあてがわれても、唯々《いい》諾々《だくだく》と従ってきた。役員は無理でも、長いサラリーマン人生を部長職で終えたいという欲くらいはあるのだ。

それなのに、自意識過剰な女の言い分だけを聞いて、俺を陥れようというのか。

俺の今までの頑張りは、なんだったんだ！


「ちょっとパパ、お行儀悪い」

娘の声に、もの思いから引き戻された。テレビの前のソファに座った愛子《あいこ》が、背もたれに身を乗り出している。

「パパの帰りに合わせて、せっかくママが揚げ直してくれたのに。レンチンじゃないんだよ。わざわざ揚げてんだよ？」

進の唐揚げの扱いに、文句たらたらの様子だ。高校二年生の十七歳。心なしか近ごろ、当たりがきつい。

「それって刺し箸じゃん。子供が注意されるやつだよ。ねぇ、ママ」

大きな声で人を非難し、コンロの前で揚げ油の処理をしていた妻に訴えかけた。

元来無口な性質である妻は、「そうね」と相槌《あいづち》を打つだけだ。学生時代は水泳部に所属していたため、肩幅が広く骨太の体つきをしている。好みの外見ではないが、あれこれうるさく言わず必要なことだけをしてくれる、妻としては申し分のない女だ。

ベトナム赴任中だった進の帰国が出産に間に合わなくても、まったく子育てに参加できなくても、肝っ玉母ちゃん然として家庭を守ってくれた。妻が財布を握っていてくれたからこそ、小さいながらも世田谷《せたがや》区に家を建てることだってできたのだ。

しかも娘には十七歳にして「刺し箸」という単語がするりと出てくる程度に、しつけが行き届いている。これでも妻には充分感謝しているつもりだった。

「悪い悪い、考えごとをしていたんだ」

唐揚げから箸を抜き、持ち直して齧《かじ》りつく。ジューシーな肉汁と共に、にんにくの風味が口いっぱいに広がった。

「おい、これ。にんにく効き過ぎじゃないか?」

「ああ、あたしが増し増しでって言ったの」

「ちょっとママ、明日客先で臭ったらどうするの」

文句は愛子にではなく、妻に向かって発した。

「混じってた?　ごめんなさい」

他は大丈夫だと促《うなが》され食べてみると、生姜《しょうが》は効いているものの、にんにくの香りはしなかった。一つだけうっかり紛《まぎ》れ込んでいたのだ。

「気をつけてくれよ。こっちはでかい顧客と仕事してんだからさぁ」

そこまで責めなくてもいいところを、ねちねちとつつく。進にも分かっている。ただの八つ当たり、もしくは憂さ晴らしだと。

妻だってこんなことでめげるタマじゃない。「はいはい」と軽く受け流している。

出会ったときから、妙に世間ずれしていない女だった。まだ平成もひと桁《けた》だったころ、男と女、三人ずつ集めてプールに行こうという話になり、その中にいたのが妻だった。レジャープールなのになぜか競泳水着を着ており、ひと目で水泳経験者と分かる肩がたくましかった。

連れの男たちは「マジかよ」と笑っていたが、妻は平気な顔をしていた。その動じなさに進は、結婚するならこの子だとピンときた。ワンレンボディコンたちとは散々遊び騒いできたが、あんな打算的でプライドばかり高い女たちとは暮らしてゆけない。結果として、この妻を選んで正解だったと思っている。

強い視線を感じ、進は顔を正面に戻した。愛子がまた、首を捻《ひね》ってこちらを見ていた。いいや、睨《にら》んでいる。

十四畳のリビング・ダイニング。進は食事の途中であり、視線から逃れる術《すべ》はない。

「なんだよ」

凄むように尋ねると、「べつに」と愛子はテレビに向き直った。

反抗期なのだ。こんなものは放っておけばいいが、やけに気まずい。

「お、また『横溝《よこみぞ》くん』か」

ドラマの主演らしい、男性アイドルに話題を逸《そ》らす。愛子の「推《お》し」だ。「もっと飯を食え！」と怒鳴りたくなるくらいのヒョロ僧で、どこがいいのか知らないが、出演している番組や映画は必ずチェックしている。

好きなアイドルの話を振ってやったのに、無視だ。可愛い娘まで、すっかり扱いづらい女になってしまった。

「あの女優、もう復帰してるんだな」

進は「横溝くん」の背後に映っていた女優に目を留める。少し前に「第一子出産！」と大々的に報じられていたのに、もう復帰とは。まだ三ヵ月ほどしか経っていないんじゃないか？

女優には名前もすぐ出てこない程度に興味がなかったが、夫が御年《おんとし》七十過ぎの映画監督なのでよく覚えていた。三度目の結婚で、その歳でまた子供とはと仰天《ぎょうてん》したものだった。

「子供がまだ小さいのに、なにやってんだかなぁ」

家族同士の遠慮のなさで、進はなんの気なしにそう言った。子供が可哀想だとも思った。女優なんて仕事を選ぶ女は、元から母性に乏《とぼ》しいのかもしれない。

そのとたん、愛子が体ごとぐるりと振り返る。ソファの背に肘《ひじ》を置き、今度こそはっきりと睨みつけてくる。

「なんだよ。『横溝くん』はいいのかよ」

「録画してあるから平気」

ぶっきらぼうに答えた後も、まだ睨んでいる。

「だから、なんだよ」

進も次第に苛立《いらだ》ってきた。言いたいことがあるなら、はっきり言え！

「パパだって、あたしのこと放置してたじゃん」

「は？」

思いがけぬことを言われた。愛子の瞳は揺るがない。進が国内勤務に戻れたのは、愛子が四つのときだった。

「なに言ってんだ。パパのはお仕事だ」

「この女優さんだってお仕事じゃん」

低く抑えられた声が震えている。なんでいきなり突っかかってきたんだ？　月に一度のアレだろうか。

「男と女じゃ、子育てに対する責任が違うだろ」

「は？」

投げやりに聞き返す口調が、進に似ている。わざと真似したのだ。

「違わないよ、二人の子供でしょ。パパの会社、イクキュウ取る男の人いないの？」

頭の中で育休と漢字変換されるまで、少しかかった。今どきは女子高生でもそんな言葉を覚えているのかと驚いた。

「いないな。聞いたことがない」

進は首を横に振る。「平安火災」は旧態依然とした会社なのだ。

愛子の瞳が、なぜか傷ついたように揺れた。

「前からずーっと思ってたけど、パパって差別主義者だよね。女性差別！」

進は箸を持った姿勢のまま固まった。驚きのあまり、「あ」とも「う」とも言えなかった。娘に非難されている内容が、まったく理解できなかった。

「なんだって。パパのどこが！」

声を荒らげたとたん、愛子は身を翻《ひるがえ》して逃げてゆく。軽い足音が階段を駆け上がってゆき、自室に閉じこもったようだ。

妻と二人で取り残されて、気まずさだけが降り積もる。愛子は知らないのだ。進が女子社員に対してどれだけ肩身の狭い思いで接しているかということを。

「なぁ、俺のどこが」

傍《かたわ》らに立つ妻の横顔を、窺《うかが》うように見上げる。

妻は否定も肯定もせず、ただ「お味噌汁のお代わりは？」と聞いてきた。

四

秋雨がしつこく降り続き、スーツの肩周りがどっしりと重く感じる。気密性の高いオフィスフロアは空気が淀み、進が力任せに打つエンターキーの音も響かない。

それでも鯉川みさきが昨日から出張で留守にしているぶん、心の負担は軽かった。

娘の愛子に女性差別を指摘されて以来、ますます女性社員との、いいや、女性全般とのつき合いかたが分からなくなりつつある。自覚がないからなおのこと。なにを以《もっ》て「差別主義者」と非難されたのか、振り返ってみても分からない。

　そもそも自分はバブル世代だ。当時遊んでいた女たちは皆強気で、金払いや気働きがスマートでない男はモテなかった。いい女をゲットしたければ、たとえ学生の身であってもＤＣブランドに身を包み、見栄《みば》えのする車を転がし、デートスポットの予習は余念なく、まるで女王陛下を遇するように相手をエスコートしてやらねばならない時代だった。女は黙って三歩後ろをついて来いなどという爺様たちとは、培《つちか》われてきたものがまるで違うのだ。

　だいたい女性差別だ、セクハラだと声高《こわだか》に叫ぶくせに、女性扱いしてやらないとたちまちつむじを曲げる、女というのはそういう生き物ではないか。たとえばつわりで業務を怠《おこた》りがちだった美園園美を「病気じゃないんだから甘えるな！」などと叱責しようものなら、女性社員総出の大バッシングを受けることだろう。

　多少の不満は飲み込んで、「女の人は大変だねぇ」と生温く見守ってやった。そうやって許されていることも知らず、女性差別とは片腹痛い。権利ばかり主張して責任を果たそうとしない女どもに、男たちはどこまで甘い顔をしてやらなきゃいけないんだ。

　鯉川みさきだってそうだ。今でこそ海外勤務を希望しているが、子供を諦めていなかったころに打診されても二つ返事で引き受けただろうか。

　男はその点身軽なものだ。ご指名とあらばどこへでも飛べる。そう、たとえ妻が妊娠中であってもだ。

「平安火災」は女性にとってチャンスの少ない、旧態依然とした会社かもしれない。だがそのチャンスをいついかなるときも摑《つか》みに行ける女はどれだけいるのだ。妊娠、出産という身体上のリスクがあるかぎり、男たちと同等には働けない。

それなのになんだ、男にも育休を？　奴らはこの国の経済を破綻《はたん》させるつもりなのか。

セクハラの訴えにしたって、べつに体を触ったわけでもあるまいに。うちの妻は専業主婦なのだ。もしこの件で進が減給処分にでもなれば、喜多川家は立ちゆかなくなってしまう。再来年には愛子の受験が控えており、これから金のいる時期だというのに。

愛子に大学進学の意思があるのかどうか、聞いてみたことはないが、それなりの偏差値の高校に通っているのだ。当然ながらするだろう。家のローンだって残っている。それらをすべて、進が一人で背負っているのだ。

夫の稼ぎがある鯉川みさきは、たとえ今日会社をクビになったところで、路頭《ろとう》に迷うこともあるまい。なんなら休養がてら少しのんびりしてから、次の仕事を探せばいい。平日の昼間に男が自宅周りをうろうろしていれば白い目で見られるが、女なら許される。逃げ道はいくらだって用意されている。

男には、働き続ける道しかないのだ。無職男性が大きな犯罪を犯すたび、思い知らされる。職のない男なんて、世間からは犯罪者予備軍のレッテルを貼られたようなものじゃないかと空恐《そらおそ》ろしく感じる。

そう考えると、女は本当に差別されているのか。優遇されている点だってあるのではないか。逃げ道のない男に社会が少しくらい下駄を履《は》かせてくれたって、目くじら立てなくてもいいじゃないか！

ターン！　エンターキーを打つ指に、よりいっそう力が入った。

考えれば考えるほど、苛々《いらいら》が募る。この会社に入ってから、早いものでもう三十年近い。数多《あまた》いた同期の中から頭一つ抜きん出ようと自分なりに頑張って、花形部署で十一人の部下を抱える身にはなった。それなのに、どうしてこんなに不自由なのだろう。

『娘さんはたぶん、そういう時期なんですよ。私にも覚えがあります』

昨夜寝る前に返ってきたＬＩＮＥの文面を思い浮かべ、少しばかり心を落ち着かせる。山田佑月とのやり取りだ。

プライベートな内容を含むＬＩＮＥなど、他の社員とは決してしない。佑月だけが特別なのは、あくまであちらのノリの問題だ。第三課に異動したばかりのころは取引先の担当者の好みまで事細かに尋ねてきて、Ａ社にはあそこの菓子、Ｂ社担当は小麦アレルギーだから粉ものは避けて、と返しているうちに、最近見つけた旨《うま》い店の情報などを交換するようになった。

たとえそれが土日でも、佑月は若いせいかレスポンスがとにかく速い。応答があると嬉しくて、つい『なにしてたの？』などと書き送ってしまう。今ではプライベートなちょっとした愚痴というか泣き言を、送り合う仲である。

『でも就職して社会に出たあたりからかな。お父さんもいろいろ大変だったんだろうなと思えるようになって、今はめっちゃ仲いいですよ』

自分の父親を対外的な『父』ではなく『お父さん』と書いてくるところに、喜多川に対する親しみが窺える。山田佑月は、いい子だ。愛子も彼女のように、思春期を過ぎたら落ち着いてくれるだろうか。

パソコンの画面越しに、自分のデスクに座る佑月をそっと窺う。近ごろは決まった座席を作らないフリーアドレスを導入する会社も増えているが、「平安火災」がそのような改革をするはずもなく、課ごとに机を並べてシマを作っている。全員の顔を見渡しやすい課長席から、一番遠いところに佑月の席はある。

小柄ながら背筋がぴんと伸びた座り姿は、見ていて気持ちがいい。娘でもおかしくはない歳なのだから決して性的な意味合いはないが、若さというのはやはり、一種のエネルギーなのだと思う。佑月のいるあたりが他より明るく見えるのは、きっと目の錯覚ではないだろう。

セクハラの告発者が鯉川みさきだと分かった今、腹立たしくはあるが、どこか安堵してもいる。山田佑月じゃなくて、よかった。女性社員の中でも彼女は、数少ない癒しだった。

目の保養を済ませ、視線をパソコン画面に戻す。ひととおりチェックしたはずのメールボックスに、新しいメールが入っていた。

忘れもしない、ベトナム支店のアドレスだ。ホーチミンにいる滝本《たきもと》からの、現状報告である。

鼻先に滞《とどこお》る湿気と、群れを成して走るバイクの排ガスのにおいがよみがえる。

鳴り止まぬクラクションに、早口で交わされるベトナム語。赴任中は日本に帰りたい一心だったのに、あの喧噪《けんそう》に包まれているときの何者でもない感じが、やけに懐かしく胸に迫った。

　ベトナムの雨期は洪水なしには語れない。

特に中部は台風の影響を受けやすく、護岸整備や排水インフラが不充分なのも相まって、小規模な浸水なら日常茶飯事。死者が出るほどの洪水も、毎年のように起こっている。

　そんな中部を代表する都市、ダナンがこのところ、立て続けに台風に見舞われているという。激しい雨は今もなお降り続き、都市に氾濫《はんらん》した水はじわじわと水位を上げていた。

「そうか、工場地帯が危ないか」

　進の報告を受けて獅子堂が、眠たげな目を瞬《しばた》く。

　ダナン市にはホアカインやダナン・ハイテクパークといった工業団地が整備され、多くの日系企業が進出している。水はそのエリアにまで達したようだ。洪水の多い地域であることは織り込み済みの工業団地なのだから、排水設備には力を入れているはずが、それを上回る量の雨が降ってしまったのである。

「滝本によれば、台風は今夜中に東の海上に抜けるそうですが」

「その後の査定が大変だな」

「ええ。こちら、なんらかの被害に遭ったと思われる顧客リスト一覧です」

　ベトナムからメール添付で送られてきた資料をデスクに滑らせる。老眼が進んだのか獅子堂は上体を反《そ》らせるようにしてリストを睨み、重苦しいため息を吐き出した。

被害地域に工場を持つ「平安火災」の顧客企業は約四十社。その半数以上がリストアップされているのだから、そりゃあため息も出るだろう。

水が引いたら各社の担当者から被害届を提出してもらい、それに基づきロスアジャスター（損害保険鑑定人）が損害額を査定することになる。さらに顧客と保険会社とロスアジャスターの間で協議を行い、金額を確定させて保険金を支払うまでが一連の流れだ。

それを二十数社分。ため息を通り越し、頭が痛くなってくる。

だが正直すぎる本音を言えば、洪水に見舞われたのが首都ハノイ近郊でなくてよかった。あそこにはタンロン工業団地がある。日本企業とベトナムの国営企業との共同出資によって開発された日系の工業団地だけあって、入居の九割を日系企業が占めている。さらに第三課の太い取引先である、最大手の電機メーカーがいくつも名を連ねていた。あの工業団地がもしも水に浸かったら、損害額がいくらになるか見当もつかない。

資料にリストアップされている中で、電機メーカーは四社。そのうちの一つ、ヤマム電子工業株式会社の上に進は人差し指を置いた。

「こちらのご担当者様が、明日明後日にベトナム入りするそうで。私も一緒に、資料写真などを撮ってこようかと思うのですが」

「ん、喜多川くんの受け持ちだっけ？」

「いいえ、美園です」

「ああ、そう」

どんな黴菌《ばいきん》が繁殖しているか分からない洪水現場に、まさか妊婦を行かせるわけにはいくまい。かといって広重良太はまだ経験不足だ。その点進なら、ベトナムに多少の土地勘がある。
獅子堂がちらりと三課のシマに視線を投げた。外出中のため空席も多いが広重は席に着いており、保険資料を頭に叩き込んでいる。遠目に見ても、学生が無理をしてスーツを着ているようである。

「いいんじゃない。都合がよければ広重くんも連れてってやんなさい」

「は、ありがとうございます」

そう言って進は軽く腰を折る。

広重も、ということは、彼も数年後には海外の支店に飛ばされる運命なのだろう。

五

成田からホーチミンまで、直行便で六時間。タンソンニャット国際空港のエントランスを出ると、東南アジア独特の埃《ほこり》っぽさと甘い香りがむわっと顔面に襲いかかってくる。慣れるまでは息がしづらい。たちまち腋がじっとりと汗ばんできて、ポロシャツが肌に張りついた。

洪水現場の視察という目的のため、スーツを着込んでいては動きづらい。先方とも相談し、軽装で行くことになったのはありがたかった。

「Taxi?」

振り返れば広重が、ぼったくりの白タクの勧誘に捕まっている。機内では席がずいぶん離れていたので、簡単な打ち合わせすらできなかった。ひとまずホーチミン市内の支店に赴き、洪水関連の情報を仕入れておかなければ。

「広重、こっちだ」

顎をしゃくり、キャリーケースを引いて歩きだす。「ノ、ノーサンキュー」という頼りない断り文句が背後で聞こえ、慌てた足音と車輪の音が追いかけてきた。広重の海外経験は、大学の卒業旅行で台湾に行ったきりだという。

『TAXI STAND』の表示を無視し、進はさらに先へと急ぐ。

「えっ、いいんですか？」と、広重が不安げに問いかけてきた。

まったく、俺がこの国で何年暮らしたと思っているんだ。

あえて説明を加えずに、進は物慣れた様子を見せつける。通り過ぎたタクシースタンドは割高なエアポートタクシーの乗り場だ。少し先に行けば普通のタクシーが拾える場所に出る。

「ビナサン or マイリン」

乗り場にいたスタッフに指を二本立てて人数を示すと、ほどなくして緑の車体のタクシーに案内された。マイリンタクシーだ。

トランクにキャリーケースを積み、車に乗り込む。なにがなんだか分からないという顔をしている広重に、進は人生の先輩として教訓を垂れた。

「ベトナムで乗っていいタクシーは、ビナサンかマイリンだけだ。覚えておけ」

　広重から返ってきたのは「はぁ」という、いまいち手応えのない相槌だった。

「明日からベトナムだ。航空券を二枚取ってくれ」

　獅子堂のデスクから戻り、都合も聞かずにそう言い放った進に対し、広重は驚き、戸惑い、そして非常に不満げだった。

「ベトナムって、ビザがいるんじゃないんですか?」と、とっさに反論してきたほどだ。

　残念ながら日本国民には出国用の航空券があり、滞在が十五日以内といった条件に当てはまれば、ビザは不要なのである。恨むなら世界的に信頼度の高い日本国のパスポートを恨むがいい。

　突然降って湧いたような出張に、「聞いてませんよ」と文句をつけたくなる気持ちは分かる。終業後には楽しみにしていた予定があったのかもしれない。だがトラブルはこちらの都合などお構いなしだ。こういうときにこそ、フットワークの軽さがものを言う。

　だから諦めろ。スキルも人脈もない若手のうちは、体を張ってなんぼなのだ。

　そんな思いを込めて進は広重の肩に手を置いた。やけにしょんぼりとした肩だった。

　タクシーは進が見せた住所のメモどおり、ビンタイン区に向かって走っている。路上には相変わらずバイクが多く、車の横すれすれを平然と走り抜けてゆく。

　ビンタイン区は、観光客が多く訪れる一区の北東に隣接していた。ホーチミンのリトル・トーキョーと言えば一区のレタントン通りだが、近年はビンタイン区にも日本食レストランが増え、小さな日本人街ができているそうだ。またサイゴン川沿いの南東エリアは開発が進み、進が赴任していたころにはなかった高層ビル群が空に向かって突き出している。今ホーチミンで不動産投資をするならば、もっぱらこのエリアである。

　変わったな。窓の外を流れる景色には、感慨深いものがある。東京本社勤務に戻ったのが、たしか三十九歳のときだった。あれから十三年。影も形もなかった高層ビルが建ち並ぶには、充分すぎる歳月である。

　この様子なら、あの問題もすでに解決済みだろうか。スコールが降ったらしく、さっきから濡れた路面が気になっていた。

　無駄話をする余裕もなく、萎《しお》れたように座っている広重を横目に窺う。解決済みでなければ、こいつはさっそくこの町の洗礼を受けることになるわけだ。そのせいで、いっそう気分が沈まなければいいのだが。

　タイヤが水飛沫《みずしぶき》を上げる音がする。これは雲行きが怪しいぞと思っていると、目的地まで残り数百メートルを残してタクシーが止まった。運転手が振り返り、これ以上は行けないと片言の英語で言う。

　やはりそうか。肩すかしを食らった気分だが、予想どおりでもある。あと少しだから歩いて行くよと告げて、進は支払いを済ませた。

　タクシーを降りる前に靴と靴下を脱ぎ、ズボンの裾《すそ》を膝上まで折り上げる。

「え、なんですか」

「いいから君も、同じようにしろ」

状況を飲み込めずおろおろしている広重を残し、先に降りた。踝《くるぶし》までが、路面に溜まっていた水に浸かる。後に続いた広重が、「うわっ！」と叫び声を上げた。

「洪水はダナンじゃなかったんですか」

「浸水だ。この通りは高潮とスコールが重なるとたいていこうなる」

かつては湿地帯だったため、排水の悪い地区である。開発の波が訪れたとはいえ、その点は少しも改善されていないようだ。

「嘘でしょう。高層ビルがこんなにばかすか建っているのに」

この国にはまだまだ、インフラの整備という課題が積み残されている。

乗ってきたタクシーがバックで引き返してゆく。進はキャリーケースを担《かつ》ぎ上げ、脱いだ靴を片手に歩きだす。水はたちまちふくらはぎの高さになった。

「この水、大丈夫なんですか？」

「よくはないだろうな。生活排水が入り交じっている」

それでも地元民は構わずに、水の中をざぶざぶと歩いている。これが日常茶飯事なのだ。

「うわっ、バイク！　こんな中をバイクが突っ切って行きますよ。壊れないんですか！」

もちろん壊れる。だから水が出るとあちこちに修理屋の露店が立つ。もう少し規模の大きい浸水だと、即席の貸しボート屋まで出てくるしまつ。皆、とにかくたくましい。

「キャッ！」

広重の、高い悲鳴が聞こえてきた。案外やかましい奴だ。

「ゴキブリ！　ゴキブリが流れてきましたよ！　ちょっともう、やだぁ」

おいおい、勘弁してくれよ。虫一匹で、男が泣きべそをかくんじゃない。肩に担ぎ上げたキャリーケースが、ずっしりと重く感じられた。

「諦めろ。ゴキブリもネズミも同じ水の中だ」

「ヒッ！　ネズミも⁉」

まったく、平成生まれめ。この軟弱な精神は、どこかで叩き直してやらねばなるまい。

「女みたいにキャーキャー喚《わめ》くな。男なら腹を括《くく》れ！」

突然の出張に対し、いつまでも拗《す》ねたような態度を取っているのも気にくわない。進だってどうせならハワイに行きたいし、ゴキブリなんか見たくもない。頼むからこれも仕事の一環だと、頭を切り替えてくれ。

そんな願いも虚《むな》しく支店に辿り着くまで広重は、得体の知れぬものが流れてくるたびに高い声で騒ぎ立て、道行く人の失笑を買っていた。

支店に着くと挨拶もそこそこに足を洗い清め、出されたお茶を飲んでようやく人心地《ひとごこち》がついた。隣に座る広重は、見るからにげっそりしている。いくら洗っても「まだ痒《かゆ》い気がする！」と言って、「いい加減にしろ！」と怒鳴りつけるまでやめなかった。

「悪いなぁ。これでもまだマシになったほうやねんけどな」

応接用のテーブルの、向かいに座る滝本は細い目をさらに細くして笑っている。相変わらず緊張感のない男だ。

「喜多川さんがおったころは、床上までしょっちゅう水がきてたもんや」

あのころは、水を掻き出すだけで一日が終わってしまったこともあった。進も滝本もまだ若く、「最悪だ！」と文句を言い合ってばかりいたが、今にして思えば楽しかったような気もする。海外赴任は二度とご免だと思っているのに、不思議なものだ。

「それにしても久しぶりやなぁ、喜多川さん。元気そうでなによりや」

「お前も、なんかあんまり変わらないな」

滝本は現地採用の日本人スタッフだ。バックパッカーとして世界を放浪しているうちに、ベトナム人女性と恋に落ちてこの国に居着いた。支店長や副支店長は本社からの出向だから役職はなく、待遇はアルバイトに毛が生えたようなもの。それでも「これが気楽でええねん」とへらへら笑っている。

そんな生きかたをしているせいか、すでに五十近いはずなのに、少しも老けたようには見えなかった。

「まぁ、のんべんだらりとしてますもんで」

本人にも自覚はある。出世欲とは無縁の男だ。それでもベトナム語が堪能《たんのう》な滝本は重宝《ちょうほう》されており、つまり会社にとって便利に使われているだけなのだが、悔しがりもせず飄々《ひょうひょう》としている。

はじめて会ったときは、世捨て人のようなものだと思った。日本の競争社会から弾き出され、価値観や時間の流れすらも違う国でくすぶっている。共に働いていても、決して相容《あいい》れない相手に違いなかった。

それがどうしたことだろう。久しぶりに見る変わらぬ笑顔に、安堵している自分がいる。部長のポストに一番近いのは誰かと腹の探り合いをしている同僚たちには感じない、友情のようなものが芽生えているのかもしれない。

いや、待て待て。俺はこんな負け組じゃないぞ。

進は慌てて首を振り、己の思考を追い払う。とにかく部長に昇進すれば、課長止まりとは退職金の額が違う。老後の安らぎのためにも、もうひと頑張りしなければ。滝本の変わらぬ笑顔に癒やされている場合ではない。

「それで、ダナンの様子は？」

気を引き締めて、仕事モードに頭を切り替える。

「いやもう、ひどいもんですわ」

滝本も表情を改めて、テーブルに中部地方の地図を広げた。

「ハン川、クデ川流域が広範囲にわたって冠水《かんすい》しとるようで、工業団地の被害の具合は正直行ってみな分かりません」

そう言いながら、赤ペンで洪水地域に斜線を引いてゆく。その範囲にはホアカイン工業団地、ダナン・ハイテクパーク工業団地、ダナン工業団地、ホアカム工業団地が含まれていた。そのうちのホアカインに、ヤマム電子工業は工場を持っている。

「ヤマムの工場といや、リース業ですやろ？」

「ああ。ホアカインに四つある工場を、すべて日系企業に貸している」

「そら、保険関係ややこしいなぁ」

ヤマム電子工業関係の資料は、出発前に頭に叩き込んできた。第二次ベトナム投資ブームの二〇〇五年に電子部品製造工場としてホアカインに進出したが、操業がうまくいかず、工場リース業に転向したのだ。それが案外軌道に乗り、物件を増やして今では四工場になっている。

「とりあえず、明朝のダナン行きのチケットは押さえときました。八時二十分着で」

「空港は大丈夫なのか？」

「うん、どうにか動いてます。リエンチュウ区の入り口で貸しボート手配してあるんで、そこまでは車で行ってください」

「分かった」

貸しボートのポイントをチェックし、地図を畳《たた》む。ヤマム電子工業の担当者は、八時五十五分にダナン国際空港に到着の予定だ。合流してから軽く朝食でも摂って向かうとしよう。

「広重くんは、ベトナムははじめて？」

打ち合わせを終えてから、滝本はまだ顔色をなくしたままでいる広重に人懐っこい笑顔を見せる。広重はどうにか声を絞り出し、「はい」と頷いた。

「そうかぁ。ダナンはホンマなら綺麗なビーチが広がる観光地やねん。いつかまた遊びに来てな」

広重は、今度は声もなく頷く。ダメだ、こいつは。ゴキブリと同じ水に浸かったショックから、まだ抜け出せないでいる。

情けないことだ。ならばせめて、面白おかしく話のネタにしてやろう。

「それがさ、聞いてくれよ。こいつさっき、女の子みたいな悲鳴を上げやがってさぁ」

嬉々《きき》として話しはじめた進の隣で、広重がうつむいて肩を縮める。自分の失敗談でひと笑い起こしてこそのビジネスマンだろうに、話に乗ってこようともしない。

電力不足なのか、事務所のエアコンは効きが悪い。苛々が募ってきているのは、そのせいだけではないはずだった。

六

「いやもうホント、まいりましたよ。あのへんの工業団地ってね、行政が排水設備を敷いとらんのです。それでまぁ自前で排水処理施設を造りまして、稼働させておったのですが、最近になって環境基準を満たしていないとイチャモンをつけてくるじゃないですか。寝耳に水ですよ。基準値の変更なんて、こっちは聞いちゃいないんです。しょうがないからいったん止めて、フィルターの交換やらなんやらしよるうちにこの洪水ですよ。冗談じゃない。これって、行政を訴えられないんですかねぇ」

空港で合流したヤマム電子工業の担当者は自己紹介を済ませるなり、まるで愚痴製造機のようによく喋った。まいった、弱ったと、顔中を皺《しわ》くちゃにして汗を拭く。面倒ごとを押しつけられやすいタイプなのか、距離感を間違えると胃弱らしい口臭がした。

ホアカインのあたりはどうだか知らないが、少なくとも市街地は飛行機の窓から見たかぎり、広範囲が茶色の水に覆われていた。あちらはハン川流域だ。クデ川のあたりも同じ状況だとすれば、排水設備が動いていようと歯が立たなかっただろう。おそらく行政の指導のせいにするのは無理がある。

それでも現場を見てからでなければなんとも言えず、進は「大変でしたねぇ」と同情寄りの相槌を打つに止める。広重に至っては、口臭を嗅がずにすむよう、あきらかに息を止めている。

だから、お前さぁ。

苦々しい気持ちを抑え、広重の横顔を睨みつけた。気にくわないところが一つ見つかると、芋づる式にあれもこれもと気にかかる。なんというかこいつは全体的に、男らしくないのだ。

昨夜、滝本と三人で夕飯を摂ったときもそうだった。滝本お勧めのベトナム料理屋は味はいいがお世辞にも清潔とは言えず、椅子の座面が妙にぺたぺたしていた。広重はそこにハンカチを敷いて座り、パクチーが苦手だと言い訳をしてほとんどなにも食べなかった。

滝本は自社の人間だからまだいいが、取引先が相手でもそんな失礼な態度を取るつもりなのだろうか。店が汚かろうが、多少小バエが飛んでいようが、飯は豪快に食べてこそ。年輩者はたいてい、よく食べる若者が好きなのだ。

進が若手のころの先輩たちはもっと滅茶苦茶で、取引先との接待に朝まで引きずり回され、そのまま出社なんてことも珍しくはなかった。深夜営業の焼き肉屋で朝の五時にカルビ五人前を食べろと言われ、吐き気を催《もよお》しながら平らげたこともある。

なぜこんなことさせられているんだと、疑問を抱いてはいけない。ただ仕事の一環だからやる、それだけだ。広重からは、そういった必死さが微塵《みじん》も感じられなかった。


空港からタクシーを拾い、行けるところまで走ってもらう。洪水に見舞われていない区域でも、街路樹が倒れていたり、家屋の屋根が吹き飛んでいたりと、台風の爪痕《つめあと》は生々しい。冠水した道路を避けて遠回りしながら、貸しボートのポイントまではなんとか辿り着けた。

そこでまた、進の苛々バロメーターの目盛りが上がる。広重が用意されていたボートを見て、難色を示したのである。

「え、待ってください。これ、何人乗りなんですか?」

進に広重、ヤマムの担当者、それから操縦要員のトゥアンさん。都合四人が乗り込むはずのボートは、ポンコツな船外機を取りつけただけのゴムボートだった。

「『四人乗りだ、問題ない』だそうだ」

身振り手振りを交えて聞き出した、トゥアンさんの回答を翻訳する。彼の澱《よど》みのない笑顔が、かえって広重の不信を煽《あお》ったようだ。

「不安しかないんですけど。せめて、ライフジャケットは?」

「一つある。でもこれは、ヤマムさんに着てもらう」

「そんなぁ」

「当然だろ」

大きな声では言えないが、命というのは平等ではない。今この場でもっとも優先されるべきは、取引先であるヤマム担当者の命である。

「だってこんなの、落っこちたらどうすればいいんですか」

目の前には、カフェオレ色の湖が広がっている。ただの水ではない。汚物が混じっているだろうし、工場が水没していることを思えば化学物質も溶け出しているかもしれない。

「落ちないよう祈れ。もし落っこちたときは、死に物狂いで泳げ」

「病気になりますよ」

「男ならつべこべ言うな。ほら、乗った乗った」

ビジネスマンは、かつて企業戦士とも呼ばれていた。それがいつの間に、こんなぬるい奴ばかりになってしまったのか。昔なら「うるせぇ！」と水の中に蹴り倒されているところだ。多少の無茶が利くからこそ、男同士はいいんじゃないか。

トゥアンさんが先に乗って待つボートに、進は率先して乗り込んだ。足元がなんとも覚束《おぼつか》なくて、負荷《ふか》が偏《かたよ》るとたちまち転覆しそうだ。腹の底がぞっと冷えたが、表情には出さぬよう努める。

ヤマム担当者もまた、「ちょっと怖いですね」と言いつつ乗ってくる。狭いボートの上では、もはや口臭から逃れられない。

「早く来い！」

強い口調で促すと、広重はそろそろとボートに片足を掛けた。そのとたん喫水線《きっすいせん》がくっと上がり、またもや甲高い悲鳴が響き渡った。

七

　この目で見た工場地帯の有様は、ひどいものだった。深いところでは建物の二階部分まで水没しているため、風景が様変わりして、どこを走っているのか分からない。しかもトゥアンさんの方向感覚が壊滅的で、地図と照らし合わせながら何度も言い合いになってしまった。

　そうやってどうにか辿り着いたヤマム電子工業のリース工場は、水の中に屋根だけがぽっかりと浮いており、どうにも手の施《ほどこ》しようがなさそうだった。

「これは、水が引かないことにはなにもできませんね」

　浸水が膝下程度ならばボートから降りられるかもしれないと思い、昨日のうちにマーケットで長靴を買ってあった。この状態ではとうてい太刀打ちできない。トゥアンさんに頼んで四つの工場をすべて回ってもらい、写真だけは撮っておいた。

　他の企業からもボートが出ており、周りに何艘《そう》も行き交っている。軽いプロペラ音がすると思ったら、頭上をドローンが横切った。ヤマム担当者はショックのあまり、「あうあうあう」とオットセイのような声を上げ続けていた。

幸いボートが沈むことはなかったが、波が立つたびに水が入ってきて、底には常に水溜まりができていた。尻はパンツまでぐっしょり濡れて、不快なことこの上ない。トゥアンさんの家が近いというので、部屋を貸してもらい着替えを済ませた。汚水に濡れたズボンとパンツを持って帰るのには抵抗があり、そのまま捨ててゆくことにした。

「いやぁ、もうね、まいりました。あれだけ水に浸かっちゃったらもう、建て直したほうが早いんじゃないですかねぇ。報告書にまとめろったって、なにを書きゃあいいんだか。胃が痛いですよ、まったく」

ダナンからの直行便で日本にとんぼ返りするというヤマム担当者を、国際線のターミナルまで送る。進たちはいったんホーチミンに戻ってからの帰国である。洪水現場を前にして言語能力が崩壊していた担当者が、愚痴を零《こぼ》せるくらいに回復してくれてなによりだった。

「弊社でも、精一杯のことはさせていただきます。現地スタッフからの情報も、逐一《ちくいち》ご報告差し上げますので」

損害額の査定の流れは水が引いてからあらためて擦り合わせることにして、出国ゲートをくぐるヤマム担当者を最敬礼で見送る。やれやれだ。

ひとまず「お疲れ」と労《ねぎら》い合おうと、顔を上げる。すると広重は早くもスマホの画面に見入り、スイスイと指を動かしていた。

「なに見てんだ」

こめかみの血管が膨張《ぼうちょう》するのが分かる。スマホに夢中の広重は、上司の引きつった顔も見ずに答えた。

「このへんで、シャワーを浴びられるところはないかと思いまして」

分かる。進だって身を清めたい。着替えに寄ったトゥアンさんの家では、洪水の影響で濁った水が出るというのでシャワーまでは借りられなかった。しかし取引先の担当者を見送るやいなや、上司を差し置いてスイスイ、スイスイ。

駄目だもう、限界だ。

「なんなんだよ、お前は！」

様々な人種が行き交う出発ロビーで、進は人目をはばかる余裕もなく、広重を怒鳴りつけていた。

広重は洪水現場でもとにかくひどかった。工場地帯の惨状にはろくに注意を払わず、体が濡れることばかりを気にしていた。「もう無理ぃ」という泣き言は、ヤマムの担当者にも聞こえただろう。本当に辛い思いをしている当事者の前で、口にしていい言葉ではなかった。

「女子でもあるまいに、ちょっと水に濡れただけでキャーキャー、キャーキャー。なにを考えているんだ、いいかげんにしろ！」

たとえ言葉が分からなくても、不穏な状況というのは伝わるものだ。観光客と思《おぼ》しき人々がなにごとかと進たちを横目に見てゆく。みっともないが一度爆発してしまった感情を、すぐに鎮《しず》めることはできない。

だがこの二日間、苛々を溜め込んでいたのは進だけではなかった。解放された怒りはいとも簡単に、誘爆を引き起こした。

「潔癖症《けっぺきしょう》なんですよぉ、こっちは！」

大人しい印象だった広重が、目を血走らせて怒鳴り返す。まさか反撃を食らうとは思っておらず、進は半歩後退《あとずさ》った。

「僕だって至らぬ点が多くて申し訳ないと思っていますよ。でもこればっかりは、どうしようもないんですよ！」

「お、おう」

驚きのあまり、受け答えもたどたどしい。爆風に吹き飛ばされて、進の怒りはすっかり鎮火してしまった。しかし広重はまだ燃えている。

「だいたいね、ふた言目には『男なら』とか『女みたい』とか、なんなんですか。男だったらどんな理不尽にも耐えなきゃいけないんですか。それが評価基準だとしたら、呪われてますよ、この社会は！」

なんだか話が大きくなってきた。べつに広重と、社会について論じたいわけではない。

「まぁ、落ち着け」

進は自分が引き金になったことも忘れ、両手のひらを突き出し宥めにかかる。だが広重は聞いていない。

「逆で考えてみてくださいよ。職場の女性に向かって『女はいつもニコニコしてろ』とか『女のくせに気が利かない』なんて言ったら、『セクハラだ！』って大炎上するでしょう。なのになんで、男ならいいと思ってるんですか。これはれっきとした男性差別です！」

「だんせい、さべつ」

耳慣れない言葉だったため、鸚鵡《おうむ》返しに呟《つぶや》いていた。

大声で言い合いをしている日本人を見かねたか、空港職員が声を掛けてくる。広重も、それで冷静になったようだ。「ソーリー」と謝り、興奮のあまり目尻に浮いてしまった涙を払う。

「だから課長と二人で海外出張なんて嫌だったんです。獅子堂部長も、どうしてこの組み合わせでいいと思ったのか。無神経すぎますよ。信じられない」

セクハラ、獅子堂、頭の中でなにかのピースがカチンとはまる。

もしかして、お前だったのか？

進は頭一つ分低い広重の顔を、まじまじと見つめ返していた。


進によるセクハラ被害を訴え出たのは、鯉川みさきではなく広重良太だった。

これはいったい、どういう状況だ。

会社から何度も受けさせられたセクハラ講習で、習ってはいる。同性間でもセクハラは起こり得るということを。

たとえば男性同士でも、体に触る、下ネタを振る、性風俗店に無理矢理連れて行く、男らしさを強要する、といった行為はすべてNGだ。そう教わったことは、よく覚えている。「男同士でなにがセクハラだ」と、鼻で笑ったことまで含めて。

　進には理解できなかった。男には男の連帯感というものがある。それを強めるためにはときに、下ネタで盛り上がることだって必要だろう。「男のくせに」なぜ、そんなことがストレスになるのかと。

「お前、オカマなのか？」

　だからつい、そう尋ねていた。広重の属性が「そっち」なら、理解できないのも無理はないと思った。

　だが広重は首を振り、軽蔑の眼差しを向けてきた。

「最低ですね」

　ますますもって、分からない。

　きっと獅子堂にだって、よく分かってはいないはずだ。たとえばセクハラ被害者が女性だったなら、加害者である進との出張など命じない。事態を重く受け止めていないからこそ、「あとはお前らで話し合ってくれ」とばかりに二人にしたのだ。

　なんだ、これは。価値観の相違？　ジェネレーションギャップ？　進と広重の歳の差は二十五だ。四半世紀《しはんせいき》も違うとここまで話が通じないのか。それとも広重が特殊なのだろうか。一度、若い奴らに聞いてみたい。

　愛子には女性差別と言われ、広重には男性差別と誹《そし》られて、自分のスタンスまで分からない。それでもどうにか広重を宥めなければ。人事に訴えを持ち込まれたら、今後の出世に関わってくる。

「じゃあ教えてくれ。俺はこれからお前と、どう接していけばいいんだ」

最大の譲歩を見せたつもりだった。広重は、容赦《ようしゃ》がなかった。

「ではまず『お前』と呼ぶのをやめてください。不必要に体に触るのも、『男なら』とか『男のくせに』とか言うのも。それから僕の情けないところを『女みたい』って言うのも不快です。女性に対して失礼です」

上司にこんな口を利くなんて、進のころには考えられないことだった。広重の評価をつけるのは、進なのだ。胡麻《ごま》を擂《す》っておいたほうが得策だと、計算が働きそうなものを。

こいつには、出世をする気もないのだろうか。

「善処《ぜんしょ》する」

あまりにも進の尺度では計れずに、そう答えるより他になかった。

ホーチミンからの帰りの飛行機も、座席はうんと離れていた。もはや、広重がどのへんに座っているのかも分からない。おそらくわざと、そういうふうにチケットを取ったのだろう。もっとも進だって、今は広重の顔を見たくはなかった。

「べつに僕が訴えなくても、そのうち誰かが声を上げていたと思いますよ」

と、ダナンの空港で広重は言った。

お前ほど細かくて気難しい奴もいるまいと思ったが、話がこじれそうなので黙っておいた。

エコノミークラスの狭い座席に身を沈め、背もたれに頭を預ける。

いやもう、本当に、まいった。ヤマムの担当者ではないが、そう言いたくなる。

これもまた、時代なのか。

進にとって仕事とは、理不尽に耐えることだった。それができずにすぐ「おかしい」と声を上げるから、女は駄目だと思っていた。「なんでこんなことをさせられているのだろう」という疑問は、「こんなこともしてみせた」という自信にすり替わっていった。

男なら、男だったら、男じゃないか。かつて歌にも多く使われてきたアイデンティティは、もはや時代遅れなのだろうか。

もういい、眠ろう。今後広重とは、極力関わらないことにする。あいつと喋ると、ひどく疲れる。

進は鞄からアイマスクを引っ張り出し、ＣＡに頼んで持ってきてもらったブランケットに包まる。できることなら、楽しい夢が見たいと思う。

眠りに落ちる寸前、瞼《まぶた》の裏に浮かんだのは、なんのしがらみもなさそうな滝本の笑顔だった。

第二話　時雨雲《しぐれぐも》

一

ぽつり。落ちてきた雫《しずく》に、頭頂部のささやかな毛がざわつく。

「あれ、雨？」

ずいぶん経《た》ってからすれ違いかけた若いカップルが、手のひらを上に向けて空を見上げた。頭髪が乏《とぼ》しくなったお陰で、雨の降りはじめに気づくのが早くなった。べつにありがたくもない能力である。

しだいに雨の粒が大きくなって、道行く人の歩調が速まる。その流れに乗って歩きながら鞄の中をまさぐり、獅子堂怜一《ししどうれいいち》は軽く舌打ちをした。

折り畳み傘が入っていない。そういえば一昨日も雨に降られ、玄関に広げて干しておいた。乾いたのを畳み直した記憶もある。靴箱の上に放置して、おそらくそのままだ。

どうしたものか。会社から近いことを最優先に購入したマンションは、地下鉄でひと駅。充分歩ける距離だから、途中にある行きつけの小料理屋にでも寄って行こうかと思っていた。

この程度の小雨なら傘がなくてもどうにかなる。寄り道をしているうちに止《や》んでくれればいいが、雨脚が強くならないともかぎらない。コンビニでビニール傘を買えば済む話とはいえ、獅子堂は無駄な買い物が嫌いだった。特に玄関の傘立てに溜まってゆくビニール傘は、見るたびにやりきれない気持ちになってしまう。

「うわ、いつの間にか今夜いっぱい傘マークになってんじゃん」

予備校ビルのエントランス前で、若者たちが固まってスマホを操作している。彼らも傘がないのだろう。「まじかよぉ」という嘆きの声が輪唱《りんしょう》のように広がってゆく。

まじかよ。獅子堂も、胸の内で呟《つぶや》いた。

時計を見れば、まだ六時半を過ぎたばかり。こんな時間に帰ったところでするべきことはなにもないのに、昨今の残業時間短縮のあおりで上に立つ者ほど早く帰れと指導される。定年まで一年を切った獅子堂は特に、求められる役割が変わってしまった。

雨は、どんどん強くなってゆく。獅子堂はスーツの肩の水滴を払い、身を翻《ひるがえ》して地下鉄の駅へと向かった。


最寄り駅から徒歩五分、築四十年のマンションの、五〇二号室のドアに鍵を差し込む。室内は真っ暗だが、慣れた家だ。手が自然と電灯のスイッチへと伸びる。

つかない。そういえば、玄関の電球が切れていた。帰りに買ってこなければと思っていたのに、忘れてしまった。

どうにか本降りになる前に帰れたのだから、もう一度外に出る気にはなれない。まぁいい、また明日。そうやって三日も先送りにしていることには目をつぶる。

脱衣所でタオルを取り、頭を拭きながらリビングに向かう。雨を吸ったジャケットを椅子に掛け、獅子堂はネクタイを緩めた。

十一月も半ばを過ぎ、ワイシャツ一枚ではうそ寒い。だが日が短くなってくれたのはよかった。真夏はこの時間でもほんのりと明るく、ますます手持ち無沙汰《ぶさた》な気分にさせられる。接待だの会合だので連日午前様だったころが嘘のようだ。栄養ドリンクの空き瓶を机に並べ、同僚と睡眠時間の短さを競い合った、若かりし日。二十四時間戦えますかというそのドリンクのキャッチコピーどおり働きまくっていたが、不思議と力が漲《みなぎ》っていた。

もとより要領のいいタイプではない。泥臭く駆けずり回り、取引先の要望とあらば買春ツアーのアテンドもした。強力なジャパンマネーをちらつかせ、日本の男たちが韓国や東南アジアの女たちを買い求めていた時代だった。平安火災海上保険のソウル支店に勤務経験のあった獅子堂は、その方面ではずいぶん頼りにされたものだ。

その甲斐あってか、同期の誰より出世は早かった。次期社長と目されていた常務の覚えもめでたく、総合営業第二部の部長に就任したころにはいずれ役員になるだろうと言われていたし、自分でもそう思っていた。

歯車は、どこで狂ってしまったのか。常務がある日突然くも膜下出血で倒れ、要介護生活に入ってしまったせいか。男女共同参画社会を目指す政府から、役員に一人は女性を登用するようお達しがあったせいか。

同じころに獅子堂も長年の無理が祟《たた》り、肝臓を三分の一切除している。それ以来、煙草も浴びるほどの酒も体が欲しくなった。日本酒なら一、二合をちびりちびりと飲むだけで満足である。

体のほうが先に第一線から退《しりぞ》き、引きずられるようにして精神も、徐々に後退していった。今の自分はただの惰性《だせい》だ。心動かされることはなにもなく、決められた時間に会社に行って用がなくなれば帰ってくる。

かつてのハードスケジュールに比べれば、体はずいぶん楽なはずだ。それなのになぜだか、疲労が頻にできたシミのように心身にこびりつき、拭《ぬぐ》い去ることができない。歳だからか、それとも他に理由があるのか。頭がぼんやりとして、なにをする気力も湧いてこなかった。

息子も娘も独立してしまったリビングに、一家団欒《だんらん》の温もりはない。獅子堂は重い体をソファに沈め、テレビをつけた。ちょうどクイズ番組がはじまったところだ。チャンネルを変えるのも億劫《おっくう》で、そのまま眺めていることにした。

次の写真の、偉人の名前は？

テーマはどうやら幕末だ。簡単すぎて笑ってしまう。三枚並んだ写真のうち、左から勝海《かつかい》舟《しゅう》、松平容保《まつだいらかたもり》、あと一人は――。

知らないはずはない。日本史は得意だったのだ。特に幕末は。

それなのに、なぜだ。どうして出てこない。こんなもの、一般常識じゃないか。

下級公家《くげ》ながら王政復古の大号令に関わり、新政府でも重要ポストに就《つ》いた人物。そこまで分かっているのにどういうわけか、名前だけが出てこない。

正解は――。

「岩倉具視《いわくらともみ》！」

解答者が答え、ああ、そうだったと膝を打つ。

近ごろこんなふうに、人名が出てこないことが多くなった。忘れているのではない。記憶の回路が繋がりづらいのだ。

これも、老いか。

クイズ番組を見ているのが辛くなり、獅子堂は背もたれに頭を預けて目を閉じた。


「ねぇ、ちょっと。風邪ひくわよ」

鼻に掛かった声が聞こえ、肩を軽く揺さぶられた。

目を開けてみると、絹子《きぬこ》がこちらを見下ろしている。状況が摑めず、何度か瞬《まばた》きをしてから獅子堂はソファに身を起こした。

「ああ、寝てた」

いつの間に。時計を見ればもう九時近い。うたた寝にしては寝すぎである。着替えもまだ済ませていなかった。

「お疲れね」

今帰ったばかりなのだろう。一つにまとめられた絹子の髪から、雨のにおいがしている。この時間まで働いてきた絹子のほうが、よっぽど疲れているだろうに。労《ねぎら》いの言葉が厭味《いやみ》に聞こえ、そんな自分にも嫌気がさす。俺はどうしてこんなにも、卑屈《ひくつ》になってしまったのか。

「晩ご飯は、食べた？」

「いや、まだだ」

「昨日のお惣菜《そうざい》、悪くなるから食べちゃって」

「分かった」

絹子がショルダータイプのエコバッグから今日の分の惣菜を取り出し、冷蔵庫の中の惣菜と入れ替える。プラスチック容器の蓋《ふた》に貼られた『ＫＩＮＵ－ＹＡ』というシールの文字は、彼女が切り盛りする弁当屋の店名だ。

それなりに繁盛しているらしい。子供たちが小学校に上がったのを機にパートからはじめ、経営者だった老夫婦に気に入られて店を譲られた。そのために必要だった資金は、絹子が一人でかき集めた。

長男がまだ大学生で、長女も大学進学を控えているころだった。家計に余裕がないことは絹子が一番よく分かっていたはずなのに、老夫婦からの申し出を断りきれずにいた。本心では、やりたい気持ちが勝っていたのだろう。

だから獅子堂は言ったのだ。自分で金の工面《くめん》ができるなら好きにしろと。

そう言えば諦めると思っていた。絹子に社会人経験はない。大学の家政学部を出てからは、結婚するまで実家の食堂を手伝っていた。そんな世間知らずに金策などできるはずがないと甘く見ていたのだ。

「自分で金を集められない人間に、経営なんかできっこない。俺はべつに、ケチで金を出さないと言っていたわけじゃないんだ。言ってみれば、これは試練だ」

まさかその試練を、あっさりクリアされるとは思わなかった。

麻婆豆腐に春巻き、鶏ササミのサラダ。獅子堂が着替えているうちに温めるものは温められて、パックのまま食卓に並んでいる。せめて皿に移し替えてくれという要望は、「だったらあなたが洗ってね」のひと言で引っ込めた。

ここ数年は特に、絹子のほうが忙しい。家事の手抜きに文句をつけられるほどの権利も、獅子堂にはないのである。

料理自慢の、いい妻だと思っていたのに。

残り物の惣菜は出来たてに比べればやはり味が落ち、小分けにして冷凍保存されている米もあまり旨くない。絹子は店で適当につまんできたと言うので、食卓につくのは獅子堂だけだ。この晩餐《ばんさん》が虚《むな》しくて、小料理屋にでも寄り道しないとやっていられない。だがそうすると冷蔵庫に惣菜が溜まり、古いものを食べる羽目になる。

食の楽しみまで奪われて、いよいよ俺はなんのために生きているのだろう。

今はまだ、惰性とはいえ仕事がある。周りから「部長」と呼ばれ、ささやかながらも矜持《きょうじ》が満たされる。

だが定年を迎えた後は、どう使っていいか分からない時間を持て余し、生ける屍《しかばね》となりかねない。

「なぁ。俺が定年を迎えたら、しばらく旅行にでも行かないか」

食卓にノートパソコンを広げ、帳簿をつけはじめた妻に提案してみる。絹子は目だけをちらりとこちらに向けて、にべもなく言い放った。

「無理よ、店があるし」

それもそうだ。店を持ってからというもの、絹子は定休日の日曜以外に休まない。

年齢は、獅子堂の五つ下。自営業者には定年がないから、この先も体の自由が利くかぎりその生活を続けるのだろう。十年後もまだ獅子堂は、残り物の惣菜を一人でぼそぼそと食べているのかもしれない。

「雇用延長はしないの？」

パソコン画面に目を戻し、絹子がどうでもよさそうに尋ねてくる。夫の稼ぎに頼っていたなら年金受給年齢までの空白期間に不安を覚えたかもしれないが、妻にはもはや充分な収入がある。

「ああ、そのつもりだ」

油の回った春巻きを齧《かじ》り、獅子堂は頷《うなず》く。

平安火災では定年退職者に対し、六十五歳まで一年更新での再雇用制度を採っている。六十歳で一度退職し、嘱託《しょくたく》として雇い直されるわけだ。

当然ながら、正社員ではない。役職もなく、昨日まで部下だった奴らの下で働くことになる。そのくらいならまだいいが、警備保障の関連会社に回されて警備員になった先輩もいるという。

六十を少し過ぎたというだけで労働力を安く買い叩かれ、職種の希望も通らない。長年真面目に働いてきた者に対して、あんまりな仕打ちではないか。そんな待遇に甘んじてまで、会社に残りたいとは思えなかった。

「もう充分に働いたよ」

「へぇ、あなたがそんなことを言うなんて。仕事とは相思相愛みたいなものだったのに」

獅子堂だって、そう思っていた。実際のところは、自分の片思いだったようだ。なにがなんでもこちらを振り向かせてやろうという情熱も、すり減ってもはや跡形もない。

「ま、いざとなったらうちで雇ってあげるわよ」

絹子が肩をすくめて笑う。冗談だと分かっているから、獅子堂も薄ら笑いで紛《まぎ》らわした。だが、心底ぞっとした。

夫と妻の力関係が、今まさに変わりかけていた。

二

『新コーナー　三条《さんじょう》綾子《あやこ》取締役の、本日のファッションチェック！』

デスクに置かれていた社内報をなにげなく開くと、唐突《とうとつ》に三条綾子の微笑みが目に飛び込んできた。

見開き二ページにわたり、三条綾子の全身像、後ろ姿、胸元のアクセサリーのアップ、私物のバッグといった写真が配置されており、なにごとかと面食らう。ジルサンダー、ペリーコ、ヴァレクストラ、カルティエ？　社内の取り組みや理念を紹介するためにあるはずの社内報が、いつからファッション誌になったのだろう。

三条綾子は還暦《かんれき》近くなった今も、ほっそりとした美人ではある。だがあくまで、「五十代にしては」だ。ファッションアイコンとしての需要など、はたしてあるのだろうか。

『若いころは女だからってなめられないよう、黒のかっちりとしたスーツばかり着ていました。女性らしいデザインや素材を受け入れられるようになったのは、四十も半ばを過ぎてからでしょうか。心境の変化？　いいえ、ただ気づいたんです。相手の性別によって態度を変えてくる人たちよりも、私のほうがもう強いって』

　インタビューに目を通し、相変わらずだなと苦笑する。お前は新入社員のときから強かったじゃないかと、遠い昔を思い出す。

　三条綾子は二年下の後輩だった。当時の女子社員といえば結婚までの腰掛けで、男性社員のお嫁さん候補という扱いにすぎず、求められるのは華やかさ、気働き、従順さといったようなもの。見た目のいい綾子は大いに期待されていたが、入社三日目で上司に噛みついた。

「どうして女子だけ始業三十分前に来て、掃除やお茶出しをしなきゃいけないんですか！」

　傍《そば》で聞いていた獅子堂は、はじめ彼女がなにを訴えているのか分からなかった。女子社員とは「そういうもの」と決めつけていたからだ。げんに綾子と同期の女子は、メモまで取って先輩社員のお茶の好みを覚え込もうと必死だった。

「これが新入社員の務めだと言うなら、男子が免除されているのはおかしいでしょう。男女共にやらせるか、取りやめるかのどちらかにしてください」

　綾子はそう主張して譲らず、社長への直訴《じきそ》も辞さずの構えだったため、上司が折れるしかなかった。三十分前出社を課せられることになった男子からは恨まれ、かといって女子からも「何様のつもり？」と遠巻きにされていた。味方が一人もいなくても、三条綾子は背筋をぴんと伸ばしていた。

　男女雇用機会均等法が施行されたのは、その数年後のことだ。綾子はすぐさま総合職への職制転換試験を受け、以来めきめきと頭角《とうかく》を現していった。女にこの扱いが耐えられるかとばかりに地方に飛ばされても、出世競争に負けた男たちから「役員と寝ている」という噂を流されても、若い世代の女子社員から「ああはなりたくない」と嫁《い》き遅れを笑われても、彼女の真っ黒なスーツの背中は決して萎《しぼ》むことはなかった。

　ついたあだ名は「鋼鉄の女」。そんな彼女が四十近くなってから唐突に結婚し、子供を一人産んで育児休暇も取らずにすぐ職場復帰したときは、会社中がどよめいた。聞けば夫のほうが仕事を辞め、専業主夫になったという。

　センセーショナルな関係性に、「さすがは鋼鉄！」と皆色めき立ち、顔も知らぬ夫へ同情を寄せた者も多かった。それでも綾子は「だって、私のほうが働くのが得意だから」と言ってはばからなかった。

　あのころに比べたら、いい笑顔ができるようになったものだ。綾子のバストショットを眺めながらそう思う。照明を当てて肌の色を白く飛ばしてはいても、目尻の皺《しわ》や顎《あご》周りのたるみは隠せたものではないが、そのぶんだけ余裕を身につけたように見える。かつての皺一つない硬く張り詰めた横顔は、どことなく痛々しげでもあった。

子供を産んでからも理解のある夫に支えられ、存分に働けたのがよかったのだろうか。過剰ともいえた潔癖《けっぺき》さが緩和《かんわ》され、表情がまろやかになり、周り中敵だらけだったはずの綾子はいつの間にか、若い女子社員から人気を集めるようになっていた。

きっとこのファッションチェックとやらも、編集担当に綾子のファンがいたからこそ持ち上がった企画なのだろう。

だが、こんな扱いで綾子は満足しているのだろうか。社内報に登場する他の役員のインタビューといえば、未来の展望なり、社会の理想なりを語るものだ。唯一の女性役員として求められる役割がファッションとは、いかにもお飾り的ではないか。

「あの、部長」

獅子堂はびくりと肩を震わせる。そこまで集中して記事に見入っていたつもりはなかったが、声を掛けられるまでデスクの正面に人が立ったことに気づかなかった。

顔を上げると第三課の広重《ひろしげ》良太《りょうた》が、遠慮がちな前傾《ぜんけい》姿勢でこちらを覗《のぞ》き込んできた。異動してまだ数ヵ月の若手社員である。色白で頬が柔らかそうで、なんだか御所《ごしょ》人形に似ている。ひと昔前なら「しゃっきりせんか！」と尻を叩いていたであろう、腰の引けた態度が気にかかる。

「あ、えっと。すみません」

社内報の、開いていたページが見えてしまったらしい。広重が気まずそうに目を逸《そ》らす。獅子堂が三条綾子に役員のポスト争いで競り負けたことは、こんな若造にまで知れわたっている。

だからって、なにを謝ることがあろう。まさか綾子の写真に怨憎《おんぞう》の眼差《まなざ》しでも向けているとでも思ったか。

役員人事が発表されたときこそ綾子に憎しみを抱きはしたが、岩が波に洗われるがごとく、激しい感情は月日と共に剝《は》がれ落ちた。「信じられない」「実力でいえば絶対獅子堂さんなのに」「うまくやりやがったな、あの女」と綾子を口汚く罵《ののし》っていた取り巻きたちも、潮目を見て離れていった。

綾子の活躍を見聞きしても、もはやなんとも思わない。と言えば嘘になるが、心は穏やかなものだ。どうせなら、とことんまで頑張ってほしい。もうすっかり燃え尽きてしまった、自分の代わりに。

「なんだ？」

綾子のページをわざと開いたまま社内報を置き、用向きを尋ねる。三条綾子のことなど気にしていないと、態度で表したつもりだ。広重の頬は、緊張で微《かす》かに赤らんでいる。

「あの、忘年会の日程のアンケート、あとは部長だけなのでお手空《てす》きのときにでも書き込んでいただけたらと」

「ああ、すまない」

今年ももうそんな時期で、三課と五課の若手が幹事として働いていた。スケジュール調整アプリとやらで都合のいい日にちに丸をつけてくれと、案内されたのも覚えている。催促されるまで放置しておいたのは、アプリの使い方が分からなかったからだ。それに丸印が並ぶであろうスケジュールを、人目にさらしたくもなかった。

「どうせちょっと顔を出すだけだから、私はいつでも構わない。参加者の多い日に決めちゃって」

「はぁ、分かりました」

酒の席には長居せず、金だけ多めに置いて帰る。それこそが定年を控えたお飾り部長の役割だということくらい心得ている。

昔の上司は二次会、三次会の費用まで考えて渡してくれたが、最近は二次会すらもないようだ。気の合う者だけで分かれて二軒目に行くことはあるかもしれないが、二次会という名目ではない。上に立つ者にとっては、懐《ふところ》に優しい世の中になった。

獅子堂が若手だったころは、忘年会は有無を言わせず朝までだった。一時間ほど仮眠を取って吐き気を堪《こら》えつつ出社すると、つき合わせた上司は休みを取っていたりして、理不尽に喘《あえ》いだものである。

近ごろは、宴会で酒を飲まない若者も増えた。素面《しらふ》のまま二次会、三次会に流れるのはたしかに辛い。たとえばこの広重も、飲まない若者の一人である。

飲めないのではなく、飲まない。異動時の歓迎会で、「酒に酔って普段の自分じゃなくなるのが嫌なんです」と言っているのを耳にした。「じゃあ憂《う》さ晴らしはどうするの？」と尋ねたのは、同じく三課の女性だったか。広重は「憂さ晴らしが必要なときは素面でします。そんな理由で酒に頼ると、高確率で人に迷惑を掛けるじゃないですか」と答えていた。ごもっともである。

今の若者は堅実で、なにより「失敗しないこと」が大事だ。酒の席での失敗すらも、耐えられない失態に映るのだろう。窮屈ではないのだろうかと思うが、それが彼らの世代の価値観ならばしょうがない。

広重が一礼をし、三課のシマに戻ってゆく。課長の喜多川《きたがわ》とは、うまく距離を取ってつき合っているようだ。「お時間いいですか」と呼び止められ、セクハラ被害を訴えられたときには耳を疑ったものである。

広重も喜多川も、性対象は女性のはず。それでもパワハラではなく「セクハラ」と訴えてきたところに、広重なりの覚悟があったのかもしれない。だがアプリの使いかた同様、もはや獅子堂の理解の範疇《はんちゅう》を超えていた。

対人間のルールも価値観もここ十年ほどでどんどん変わってゆき、目まぐるしさについてゆけない。一方で旧弊《きゅうへい》にしがみつき、「昔はこうだった」と説教を垂れるほど見苦しいものはないとも思っている。若者に迎合《げいごう》できず、同世代とも同調できず、精神的にも宙ぶらりんだ。

こうしてどこにも着地できないまま、定年を迎えてしまったらどうなるのか。人生百年時代と言われるほどの長い余生を、忙しい妻を横目に一人でやり過ごせるのだろうか。

このところ、そんなことばかり考えている。ため息をつき、開きっぱなしの社内報を閉じようとして、目次の文字が目についた。

『いまいちど、シニアライフプランを考える～リタイア後の「自分らしさ」～』

後で読もう。そう決めて、獅子堂は該当するページの角を折り曲げた。

三

十二月の、第一土曜日の午前十時。獅子堂は渋谷区にある大型会議室の一室にいた。

正面の演台に向かって、三人掛けの机がずらりと四列並んでいる。一つの机に二人ずつ、来た順に前から詰めて座るよう指示されて、獅子堂はちょうど部屋の中ほどに掛けた。

周りを見回せば、見事に同年輩の男ばかり。白髪率の高い集まりは、どことなく骨董屋《こっとうや》のようなにおいがする。

社内報で紹介されていた、シニア向けのライフプランセミナーである。定期的に開催されているようで、特に老後のマネープランや健康をテーマにした回が人気らしい。だが獅子堂が申し込んだのは、「これからを豊かにする生きかたのヒント」という抽象的な回だった。

まさに「これから」の、生きかたの指針がほしかった。獅子堂の世代はいい大学を出て、いい会社に就職するのが幸せと教えられてきたし、その幻想がまだ生きていた。

では、その先は？

すでに「いい会社」の一員ではなく、ただの爺《じじい》になってからの生きかたなど、誰も教えてはくれなかった。会社員として過ごす月日は長い。だから皆うっかり忘れかける。人生はそれよりもずっと長いということを。

セミナーに申し込んでから、後悔した。本当は、生きかたなど講師から教わるものではないと分かっている。多くの先人の背中を見て、学び取ってゆくものだ。だが先に定年を迎えた先輩たちとは交流が途絶えているし、久しぶりに会ったところで昔話に終始することは目に見えていた。

「あのころはよかった」「ずいぶん無茶をしたもんだ」「若いってつまり、馬鹿いってことだよ」

そんな話が聞きたいんじゃない。知りたいのは、今をいかに生きているかということだ。

席に着き、会場を見回して、獅子堂は安堵《あんど》していた。この会議室の定員は八十人くらいだろうか。獅子堂が座ってからも続々と人が集まってきて、どうやら盛況のようである。

皆、定年後の指針を求める者たちだ。この先に漠然とした不安を抱いているのは、自分だけではなかった。

しかも見事に、男しかいない。獅子堂の世代にも働く女はいたはずだが、結婚や出産でキャリアが分断された経験があるぶん、この歳になって焦ったりはしないのだろう。働きづめに働いてきた先にこんな虚しさが待っているなら、プライベートを充実させたがる若者にがむしゃらに働けとはとても言えない。自分たちは、仕事に意味を持たせすぎてしまったのだ。

会場は、私語もなくしんとしている。友人と誘い合わせて来る内容ではないから、誰もが一人だ。定年後の身の振りかたに悩んでいる姿など、人に見せたいものではない。参加者同士もなんとなく、目を合わせぬようスマホを見ていたり文庫本を読んでいたり、気まずそうにしている。

そんな中、椅子を一つ挟んで獅子堂の隣に掛けた男が、ばさりと音を立てて開いたのはスポーツ新聞だ。人目をはばからず、アダルトコーナーを食い入るように眺めている。官能小説の連載だろうか。パンティ一枚の女が汗だくで喘《あえ》いでいる劇画が目に入る。

たまに通勤電車でも、アダルト面を堂々と開いている男がいて、どういう神経をしているのだろうと思ってきた。獅子堂だってべつに嫌いではないが、人前で読む気にはなれない。けっきょくこういう人間は、周りにいる見知らぬ人などただの背景としか認識していないのだろう。

静まりかえった室内に、講師が入ってきたのは開始予定時刻から遅れること五分。前の扉が開き、ヒールの音を響かせながら、演台に立ったのは若い女だった。

いや、若いのは見た目だけか。よく見れば、四十半ばくらいかもしれない。それでもセミナーの受講生よりはずいぶん若い。

レモンイエローのブラウスに、白のタイトスカート。髪を緩く結い上げた女は魅力的だった。だが、拍子抜けした感がある。これから二時間近く、この女の話を聞かなければいけないのか。現役世代の、しかも女に、俺たちのなにが分かるというのだ。

そこはかとない落胆が、会場に広がってゆくのを肌で感じる。獅子堂の隣に座る例の男だけが、「ヒュウ」と口笛を吹く真似をした。根っからの女好きであるらしい。

講師は開始早々から会場の温度が下がるのに慣れているのか、それともたんに鈍感だからか、溌剌《はつらつ》とした笑顔をこちらに向けた。

「みなさん、おはようございます！」

よく通る声だ。当然、返事はない。

「おはようございます！」

二度目でようやく、ぱらぱらと挨拶《あいさつ》の声が上がった。まだ誰も、戸惑いから立ち直れていない様子だ。

「ライフプランアドバイザーの、瀬々香織《せぜかおり》と申します。本日は、どうぞよろしくお願いいたします」

このところ、なんとかアドバイザーやらコンサルタントやらを自称する輩《やから》が多くなった。名乗った者勝ちなところがあり、詐欺まがいの信用の置けない者も活動している。だが瀬々香織は発声方法、表情の作りかた、佇《たたず》まいに、しっかりとした指導の跡が窺《うかが》えた。

「ではさっそくですが、みなさんには自己紹介をしていただきます。お隣の方と向かい合わせになって、お互いをアピールしてください」

なるほど、それで一つの机に二人ずつ座らせたのか。気は進まないが、指示されたとおりに体をずらし、隣の男に向き合った。

男もまた、脂っ気の抜けない赤らんだ顔をこちらに向けた。スポーツ新聞は、大雑把《おおざっぱ》に畳んで机の上に置かれたままだ。大きく横に広がった鼻が、脂でねっとり光っている。

押しの強そうな風貌《ふうぼう》だ。この場にいるのが不自然なくらい、目がギラついている。

胡散臭《うさんくさ》い奴だと思った。これからこの男に、個人情報を教えなければいけないのか。

休みの日でも、名刺は鞄に入っている。それを渡してしまえば簡単だが、さてどうしたものか。相手の出方を探るため、先に自己紹介をしてもらおうか。

密かにそんな思案を巡らせていると、講師の瀬々香織が言葉をつけ足した。

「ただし、仕事にまつわることは話さないでくださいね」

そのとたん、静かだった受講生たちの間にざわめきが広がった。

獅子堂怜一、五十九歳。平安火災海上保険、総合営業第二部部長。国際化が進む国内企業を相手に、損害保険グローバルプログラムに基づいたコンサルティング営業の統括をしております。保険商品というのは日進月歩で、常に新しいニーズを汲み上げてゆかねばならず――。

初対面の人間が相手について知りたいことといえば、まずは年齢と社会的地位だと思う。自分より上か下か、それによって柔軟に対応を変える必要がある。

間接的な繋がりであってもそうだ。たとえば絹子は獅子堂について聞かれるとき、人となりではなく「旦那さんはどちらにお勤め？」と聞かれるという。つまり男にとって勤め先とその中での肩書きは、人格以上に優先されるべきものである。

だから瀬々香織に仕事の話を禁じられたとたん、頭の中が空っぽになってしまった。自分がどういう人間かを伝えるための言葉が、なに一つ出てこない。

獅子堂怜一、五十九歳。出身は八王子《はちおうじ》で、立教大学文学部卒。

どうにか頭に思い浮かんだのは、社会人としてキャリアを積む前の情報くらいだ。

その傾向は獅子堂だけではないらしく、周りの受講生もペアになった相手と戸惑いぎみの視線を交わしている。自己紹介はなかなかはじまらない。

「さぁ、どうしました。定年退職後はもう、会社の肩書きには頼れませんよ。ほらもっと、ご自身をアピールしてください」

瀬々香織が張りのある声で畳みかけ、ようやくぽつりぽつりと、囁《ささや》くような声が聞こえてきた。耳を澄まして聞いてみると、好きな球団、酒、神社仏閣巡りといった話題を交わしている。

なるほど、趣味か。

学生のころ獅子堂は、車が好きだった。オートマ車の普及率はまだ低く、もちろんマニュアル車である。道路の状況によって自分の判断でシフトチェンジできるところが、車を手足のごとく操っているという感覚があり、楽しかった。

ギアを変えたときの、エンジン音の変化も車の心音を聞いているかのよう。あのころは何時間運転しても疲れず、夏休みに実家から出て北海道を一周する旅に出たこともある。

だが損保会社に就職し、半ば強制的に車を買わされてからは、その楽しみを忘れてしまった。

平安火災の保険料収入のうち、半分近くが自動車保険である。その保険を一番売ってくれる自動車ディーラーにおもねるため、社員に自腹を切らせるのだ。しかも自分が好きな車種が買えるわけではない。主に売れ残りの、在庫処分の車だ。

それ以来獅子堂は、好みではないデザインの車に乗り続けてきた。便利な家電のようなオートマ車は運転をしても手応えがなく、ただの移動手段となり下がった。

唯一の趣味ですら、仕事に奪われてきたことに気づき愕然《がくぜん》とする。同時に胸を焦がすような焦燥感《しょうそうかん》が這い上がってきた。

まだ言葉が見つからない受講生を、瀬々香織が煽《あお》り立てる。

「ダメダメ、アピールが足りませんよ。私が相談を受けた方の中には、定年退職後も元いた会社の名刺を作っていた人がいました。『〇〇部、元部長』ってね。そんなものに、いつまでも縛られていていいんですか？」

いいはずがない。だがこの有様では元部長とやらを笑えない。獅子堂もまた、仕事に自分自身を吸い尽くされてしまっていた。

正面に座る脂っこい男も、口をつぐんだまま目を伏せている。獅子堂同様、仕事に捧げてきた人生を振り返っているのだろうか。

だんまりのままお見合いをしていてもしょうがない。なにか言わねばと口を開きかけたとき、向こうが意を決したように顔を上げた。

「佐渡島《さどじま》幹夫《みきお》、五十三歳。桜井不動産営業本部勤務、以上！」

元々地声が大きいのだろう。佐渡島の声は必要以上によく響き、周りがぎょっとして振り返った。当人だけは、やけにすっきりとした顔をしている。

「はい、佐渡島さん。仕事の話は御法度《ごはっと》ですよ」

「やかましい！　仕事を抜きにして男同士が語り合えるか！」

やんわりと窘《たしな》めにきた瀬々香織にも、間髪《かんはつ》容《い》れずに噛みついた。

「会社の命令だからとしょうがなしに来てみれば、つまらねぇことさせやがって。お前みたいな女に、男の仕事のなにが分かる。チイチイパッパのお遊戯《ゆうぎ》会なら、よそでやりやがれ！」

桜井不動産といえば、業界二位の大手だ。仕事人として、社会の荒波と斬り合ってきたという自負もあろう。それに五十三という年齢は、定年退職後の人生を見据えるにはまだ少し早い。

それなのに自分より明らかに若い、何者かも分からない女に上に立たれて喋られては、腹が立つ気持ちも分かる。まだまだ血の気が多いのだ。赤らんだ顔を、さらに紅潮させている。

瀬々香織も、怒鳴られたくらいでは怯《ひる》まない。仕事柄、プライドを潰されて逆上する男には慣れているのだろう。おっとりとした笑みさえ浮かべ、佐渡島に問いかけた。

「佐渡島さんは、お休みの日にはなにをなさっているんですか？」

「はぁっ？　そんなもの、まともに取れるほうが稀《まれ》だわ！」

不動産会社の営業は客都合だ。勤務時間外だろうが休日だろうが、相手の都合で打ち合わせが入る。そのぶん、プライベートが削られてきたのがよく分かる。

「では、どうやって息抜きをされているんです？」

「どうだっていいだろ、そんなもん！」

「なにかあるんですね」

「あんたにゃ、関係ない！」

「たとえば、馬とか？」

机の上に置かれたスポーツ新聞に目を落とし、瀬々香織が尋ねる。

そのとたん、佐渡島が耳まで真っ赤に染まった。

スポーツ新聞を鷲摑《わしづか》みにし、演台に向かって投げつける。それが空中でばさりと開き、二列前に座る男の禿頭《はげあたま》に覆い被さった。

いかがわしいイラストに、周囲の目が注がれる。頭上の新聞を慌てて引きずり下ろした男も、アダルト面と気づいて「わっ！」と声を上げた。

「フーゾクだよ、馬鹿野郎」

佐渡島の呟きが聞こえたのは、隣にいた獅子堂だけだったかもしれない。

「えっ？」と、瀬々香織が尋ね返す。

それには答えず佐渡島は、椅子を蹴り上げるようにして立ち上がると、うつむいたまま会場を出て行った。

「なんだあれ」

「まぁ、分からんでもないけどさぁ」

「まだ若いんだな」

受講生が口々に囁き合う。その言葉の端々に滲《にじ》み出る気配は、反感ではなく同情だった。

フーゾク、性風俗か。

他の者には届かなかった佐渡島の捨て台詞《ぜりふ》を、獅子堂は胸の内に反芻《はんすう》する。全身に虚脱感が広がってゆくようだ。あの男に妻がいるのかどうかは知らない。どちらにせよ大企業に勤めながら性サービスにしか癒やしを見出せない男の虚しさが窺えて、鉛《なまり》を飲んだみたいに胃の底が重たくなった。

土曜のこの時間でも、営業している店はある。佐渡島は憂さ晴らしに、どこかの女の胸へと飛び込むつもりだろうか。そういえば俺は女の肌に、ずいぶん長いこと触れていない。

それは性衝動ではなかった。ただ生まれたての赤ん坊のように、柔らかい肌に包まれてみたいと思っただけだ。そのとたん三条綾子の柔和《にゅうわ》な微笑みが頭に浮かび、獅子堂は音を立てて立ち上がった。

「どうなさいました？」

瀬々香織がまっすぐな視線を投げかけてくる。佐渡島が追い詰められるわけだ。この女の眼差しは、相手に逃げ場を与えない。

もういい。セミナーを受けたところで、どのみち俺は変われない。

「すみません。用事を思い出しましたので、失礼します」

受講料がもったいないという、ケチな考えが頭をかすめたのは一瞬だ。獅子堂は軽く腰を折り、そのまま演台に背を向けた。

四

雪に染められた稜線《りょうせん》の向こうに、ぼんやりと打ち煙《けぶ》りながら南アルプスが顔を覗かせている。眼下に広がる集落は小ぢんまりとして、空気がいいせいか、清々《すがすが》しい佇まいを見せていた。

薪《まき》ストーブがぱちりと爆《は》ぜ、その上に載せられたやかんがしきりに湯気を吐いている。冷えていた体が芯からじわりと温まってくるのが分かった。ストーブの前では黒猫がいかにも気持ちよさそうに丸まっており、獅子堂は思わず目を細めた。

「どうも、お待たせいたしました」

がっしりとした体に似合わぬエプロンを着けた猪俣《いのまた》が、獅子堂の座るテーブルに皿を運んできた。軽く温められたスコーンが二つ、カットされた苺とクロテッドクリーム、自家製だという林《りん》檎《ご》のジャムを添えて盛られている。

イギリス陶器らしきカップに、猪俣が手ずから紅茶を注いでくれた。柑橘《かんきつ》系の香りがふわりと立ち昇り、鼻先を軽く湿らせる。

「いい店だな」

高台にある、ロッジ風のカフェである。素朴な内装ながら木の風合いが活かされて、聞こえるのは外の葉擦《はず》れと薪ストーブの爆ぜる音。他に客がいないのが心配ではあるが、静かで落ち着く。これが猪俣の店でなければ、心の底から寛《くつろ》げたろうにと思う。

「ありがとうございます」

昔から体力だけが自慢だった猪俣は、素直に照れて首の後ろを掻いた。獅子堂の部下だったころよりも、さらに肉づきがよくなっている。

「こっちに来て、もう十年くらいか」

「いいえ、そこまでは。今年で八年目です」

年が変わり、まだ松も明けぬうちにこの長野の谷間《たにあい》の町を訪れた。律儀《りちぎ》に届く年賀状を見て、猪俣のことを思い出したからだ。

猪俣は五十手前で早期退職をし、妻の実家があるというこの町に引っ込んでしまった。それからは年賀状だけのつき合いになり、カフェをはじめたことは知っていたが、早々に会社をリタイアしてしまった猪俣にはもはや関心を抱けなかった。言うなれば、負け組と見下していたのだ。

体力があるぶんよく飲み、きついスケジュールもこなしてくれて重宝《ちょうほう》ではあったが、猪俣はしょせんそれだけの男だった。人に対して実直すぎ、政治ができない。会社に残ったところで出世は望めず、年次が下の者にどんどん追い越されていったことだろう。

それなのに、今年の猪俣からの年賀状にはやけに惹《ひ》きつけられてしまった。例年と変わらず、店内の様子と菓子の写真がプリントされているだけというのに。こんなところに第二の人生が充実していそうな奴がいた。正直なところ、羨《うらや》ましかった。

クリスマス前に絹子から、弁当屋のレシピ本が出せそうだと聞かされた。常連客に出版社の編集者がおり、前から打診されていたという。その企画が会議で通ったそうだ。

獅子堂は焦っていた。このままでは、ますます妻に差をつけられてしまう。

焦燥感に背中を押されるようにして、年賀状に書かれていた電話番号に掛けていた。久しぶりに顔が見たいと言うと、猪俣はなにごとも疑う素振《そぶ》りを見せずに快諾《かいだく》してくれた。

「元気そうで、なによりだ」

「ははは。こっちに来てから飯が旨くて。体を動かすものだから、なおさらですよ」

妻の実家の畑を手伝っているという猪俣は、いかにも健康そうだった。会社員時代の最後の数年は肝臓が蝕《むしば》まれつつあるのかどす黒い顔をしていたのに、すっかり肌艶を取り戻している。ストーブ用の薪割りも自分でするそうで、この男にはこういった生活が向いていたのだろう。

そういう暮らしには、憧れる。

カップを手に取り、紅茶を啜《すす》った。馥郁《ふくいく》とした香りが鼻に抜けてゆく。

東京とは時間の流れが違う田舎での、自給自足に近い生活。毎朝の通勤電車で神経をすり減らしている勤め人にとっては、理想ですらあるだろう。

だからといって、踏ん切りがつくものではない。新しい環境に飛び込むには、それなりの資金と適性が必要だ。

少しばかり意地悪な気持ちで、尋ねてみる。

「とはいえ、田舎暮らしは大変なこともあるだろう」

「そうですねぇ。このあたりは冬になると土が凍るので、露地物《ろじもの》ができないんですよ。あ、ちなみにこの苺、うちのビニールハウスのものです」

期待した答えとは方向性が違っていたが、「へぇ、すごい」と褒めておく。妻の地元とあって、コミュニティ作りには苦労していないのだろうか。そういえば猪俣は、分け隔《へだ》てなく友人を作れるタイプだった。

俺にはたぶん、無理だろうな。

先日の、瀬々香織のセミナーにすら馴染《なじ》めなかった。歳と共に、環境適応能力が衰《おとろ》えている。

獅子堂は八王子、絹子は横浜の出身で、互いに田舎との縁もない。仮にいい場所が見つかったとしても、都会からの移住組と特別な目で見られ、よけいな詮索《せんさく》を受けるのはご免だ。

なのにどうして俺はわざわざ、高速に乗ってこんなところまで来てしまったのか。

「どうぞ、冷める前に食べてみてください」

促《うなが》されるままに、スコーンを手に取る。一番のお勧めというから頼んでみたが、ぱさぱさとした食感のスコーンは実は苦手だ。適当に褒めておこうとひと口大にちぎり、口に放り込む。歯の間で、さくりと音がした。

「む、旨い」

ビスケットに近い、軽い歯触りだった。全粒粉《ぜんりゅうふん》を使っているそうで、小麦の味が立っている。

「でしょう」

猪俣が、嬉しそうに破顔《はがん》した。

「これを、お前が？」

「まさか。菓子作りは妻ですよ」


きっかけは、趣味で通いはじめた菓子教室だったという。元々好きではあったらしいが、プロに教わるうちに妻はみるみる腕を上げ、独自のアレンジまで加えるようになっていった。いつかカフェを開けたらいいねと、子供のような夢を語り合うまでさほど時間はかからなかった。

「お互い、そこまで本気で考えていたわけじゃないんですけどね。ちょうど早期退職者の募集があって、決断するなら今じゃないかと思ったんです。ほら、あのまま会社に残ったとしても、自分には未来がなかったでしょう」

気づいていたのか。もっとも早期退職を決める奴らは、たいてい己《おのれ》の限界を感じている。獅子堂だって定年まで残りわずかだからこそ踏ん張れているだけで、本当はもう仕事にモチベーションなど覚えていない。そんな虚しさに捕まる前に、猪俣は決断したのだ。

「しかしこのスコーンは、たいしたものだ」

「ありがとうございます。お陰様で雑誌やウェブにも取り上げられて、遠方からのお客様も増えているんですよ。こんな立地でも、どうにかこうにかやってます」

妻の手柄を褒められて、猪俣は自分のことのように喜ぶ。そこに葛藤《かっとう》はないのだろうか。妻の地元で妻の実家の畑を手伝い、妻の作った菓子を勧める。まるで妻の人生の添え物のようだと、感じることはないのだろうか。

「後悔は、していないか？」

「はい、もちろん！」

即答だった。猪俣の笑顔には一点の曇りもない。単純な男だ。だがきっと、単純であり続けるというのは難しいことなのだ。

ストーブの前の黒猫が、頭を持ち上げて欠伸《あくび》をする。それから前足を突っ張って伸びをし、「にゃん」と小さく鳴いて入り口のドアへと歩み寄る。ほぼ同時に店の前で、車のエンジンの止まる音がした。

「あら、もういらしてたんですね。ごめんなさい。遅くなっちゃって」

カラカランとドアベルが鳴り、入ってきたのは猪俣の妻だ。結婚式に参列したときに会ったきりだが、どことなく面影《おもかげ》が残っている。ふくよかな頬に浮かぶ笑みは、猪俣とよく似ていた。

「獅子堂さん、お前のスコーンが旨いってさ」

「えっ、やだ嬉しい。ありがとうございます」

「試作品を山ほど作った甲斐があったな」

「んもう、言わないでよ、そんなこと」

「そのせいで二人とも、ずいぶん太ったんですよ」

自分と妻を指差して、猪俣が笑いかけてくる。スコーンにかぎらず店に出す菓子はすべて、二人で試食してレシピを決めていったそうだ。この八年、夫婦で協力し合ってきた跡が窺える。

俺は、なにもしてやれていないな。

妻が弁当屋のオーナーになることに、内心では反対だった。自分が好きではじめたのだからと、絹子がどんなに忙しそうでも、家事を手伝ってやったことすらない。レシピ本の話を聞かされても、「そうか」と相槌《あいづち》を打ったっきり。夫から応援や労いの言葉がなくても、絹子はそういうものと心得ている。

将来的には宅配ができるようにしたい。そんな夢も、きっと獅子堂の助けなしに叶《かな》えてしまうのだろう。絹子にとって自分たちは、夫婦である必要があるのだろうか。

「寒かったろう。お茶でも淹《い》れようか」

「あら嬉しい。ちょっと雲と風が出てきたのよ。獅子堂さん、傘は？」

「一応、折り畳みなら」

窓の外に目を向ける。猪俣の妻が言うように空にはうそ寒い雲が広がって、さっきまで見えていた南アルプスが霞んでいた。しばらくすれば、冷たい雨が降りはじめることだろう。

「ゆっくりしてってください。近くに日帰り温泉もありますから」

ストーブの上のやかんを手に取って、ティーポットに注ぎながら猪俣が言う。紅茶を淹れる様は、なかなか堂に入《い》っている。

羨ましい。だがやはり、自分には向かない生きかただ。

「ああ」

生返事をしながら、ビニールハウスで作ったという苺を口に運ぶ。果汁がジュッと滲み出て、それはとても甘かった。

五

車でも買い替えるか。

帰りの高速を走りながら、そんなことを考える。ワイパーがゆっくりと、だが一定のリズムでフロントガラスの上を滑っている。

午後あまり遅くならないうちに猪俣の店を辞し、勧められた温泉に浸かってきた。いい湯だった。湯冷めせぬうちに車に乗り込んだお陰で、まだ指先まで温かい。自宅までは、三時間程度のドライブである。

こういうのも、悪くない。車さえあれば、ふとした思いつきでどこにでも行ける。誰にも煩《わずら》わされずにドライブを楽しみ、旨いものを食べ、温泉に浸かって帰る。そんな老後もいいかもしれない。

定年退職をしたら今度こそ、会社に干渉されずに自分の好きな車種が買える。老後の蓄《たくわ》えを切り崩すことになるが、四十年近く必死になって働いてきたのだ。その程度の贅沢は、許されてもいい気がする。

さすがに新車は無理だが、中古なら。なににしようかと頭の中で、車のフォルムを思い描く。珍しく、心が弾んだ。

獅子堂怜一、五十九歳。趣味はドライブで、まぁ日帰りできる範囲ですが、たまの遠出を楽しんでおります。先日訪れた長野には、南アルプスを一望できる温泉がありましてね。あいにくの雨でなにも見えなかったのですが、いずれまたリベンジしたいと思います。

これなら、瀬々香織にも言ってやれる。趣味があるというのは素晴らしい。哀れな爺だと、憐《あわ》れまれも蔑《さげす》まれもせずにすむ。時間つぶしにも生き甲斐にもなり、知らない町を訪れているうちに、もっとやりたいことだって見つかるかもしれない。

そのためにはまず、乗っていて心地のいい車だ。今の車はメーカーのコストダウンによる質の低下が著《いちじる》しく、サスペンションが硬すぎる。入社以来デザインも性能も好きではない車ばかり、よくもまぁ乗り継いできたものだ。

よし、俄然《がぜん》楽しみになってきた。定年制度というのは会社から追い出されるのではなく、解放されるためにあるのだ。なにを不安がることがあろう。これからは、自分のために生きてやる。

カーステレオから流れる渋滞情報によると、この先も混雑はなく、どうやらスムーズに走れそうだ。

久しぶりに車雑誌でも買ってみようか。そんなことを考えながら、獅子堂はアクセルを踏み込んだ。

妻より遅く家を出て、長野くんだりまで出かけても、妻より帰り着くのは早かった。

久々の長距離運転で少しばかり疲れており、夕飯は冷蔵庫の惣菜を温めて軽く済ませることにする。鶏団子の餡《あん》かけに、出汁《だし》巻玉子、南瓜《かぼちゃ》の胡麻和《ごまあ》え。南瓜にボリュームがあるので、米は控えておくとしよう。

テレビをつけて黙々と食べ、空になった容器はそのままにしてソファにごろりと横になる。腹が満たされ、これではうたた寝をしてしまうなと思っているところに、玄関の鍵が開く音がした。

絹子だ。手荷物をがさごそ鳴らし、リビングに入ってくる。まとめ髪がほつれているせいか、いつもよりも老けて見えた。

「ただいま」と言う声にも力がない。持ち帰りの惣菜を入れるため、ふらつく足どりで冷蔵庫へと向かう。

「あれっ。お昼、食べなかったの？」

思ったより備蓄《びちく》が減っていなかったのだろう。不満げな口調である。獅子堂は「ああ」と短く返事をした。

「食べちゃってほしかったのに」

消費期限に余裕のないものから片づけてほしかったようだ。捨てるのはもったいないと思ったか、絹子は豚の生姜《しょうが》焼きのパックを開け、においを嗅いでからレンジに入れた。

なぜ残り物を食べなかったくらいで文句を言われなければいけないのか。俺は残飯処理機じゃないぞと、獅子堂は身を起こす。だが、べつに腹は立たなかった。それよりも、妻が獅子堂の遠出に気づいていないのが愉快だった。

元日こそ結婚した息子一家と娘が遊びに来たので休みにしたが、絹子は二日から店を開けている。獅子堂のことは、どうせ正月休みを持て余してゴロゴロしていただけとでも思っているのだろう。

だがお生憎様《あいにくさま》。俺は一人でも楽しめる。

定年まで、あと八ヵ月。どうにかこうにか間に合った。抜け殻にならずに済みそうだ。悠々自《ゆうゆうじ》適《てき》に過ごす夫を尻目に、絹子は時間と仕事に追われるがよい。

忙しい妻への嫉妬《しっと》は、憐れみに置き替えられた。いくつまで弁当屋を続ける気なのかは知らないが、歳を重ねるほど辛くなってゆくだろう。ご愁傷様《しゅうしょうさま》、とほくそ笑みたい気分である。

レンジがピーッと温め終わりを知らせる。洗面所に手を洗いに行っていた絹子が戻り、億劫そうに生姜焼きのパックをテーブルに置いた。今日は特に疲れているようだ。動作の端々が投げやりだった。

大きなため息をついてから、嬉しくもなさそうに生姜焼きを食べはじめる。「どうした？」と聞いてほしいのだと思い、獅子堂は仏心で聞いてやった。

「大学生のアルバイトが、来なかったのよ」

愚痴を零《こぼ》したかったのだろう。水を向ければ、絹子は勝手に喋りだす。

「昨日まで帰省って聞いてたけど、今日はシフトに入ってたの。でも時間を過ぎても来ないし、電話しても出ないし、代わりのアルバイトも摑まらないしで、散々だったわ」

いつだって、身勝手な人間というのはいる。だからこそ、人を使う立場は悩ましい。社会に出たこともない大学生など、自分一人が空けた穴を埋めるために他者がどれだけの迷惑を被《こうむ》るか、さっぱり分かっていないのだ。絹子のような個人店舗のみならず、今は全国的に人手が足りていない。どこもギリギリの人員で回しているというのに。

「でもそいつを採用したのは君だろう。責任感のあるなしを、見抜けなかったわけだから」

「やめて」

意見半ばで、絹子が手を突き出してきた。うんざりしたように、首を振る。

「私はただ、大変だったねって言ってもらいたかっただけなの」

「そうか。それはすまなかったな」

内心ではなんだそれはと思っていたが、受け流すことにする。長年の夫婦生活には必要なスキルである。

絹子がまた、大仰《おおぎょう》にため息をついた。

「どうせ休みだったんだから、あなたが代わりに入ってくれればよかったのにね」

「なんだと？」

かちんときた。これはさすがに受け流せない。

「べつに」

もうなにも話す気はないと言わんばかりに、絹子は口いっぱいに生姜焼きを頬張った。

なんだ、その態度は。怒鳴りつけそうになって、ぐっと飲み込む。代わりに出たのは、弱々しい声だった。

「俺だって、暇じゃないんだ」

絹子は咀嚼《そしゃく》に忙しく、返事をしない。それどころか目も合わせない。

馬鹿にしやがって。口の中で吐き捨て、テレビのリモコンに手を伸ばす。本当は部屋から立ち去りたかったが、逃げたと思われるのは癪《しゃく》だった。

適当に変えたチャンネルでは、なにが面白いのか芸人たちがスポーツテストをやっていた。何人か、足の遅い者がいる。その走りの滑稽《こっけい》さに、獅子堂は「はははは」と乾いた笑い声を立てた。

六

正月休み明けは、のっけから会議だった。役員までが出席し、たんなる数字の報告会となるだけの、中身はないのに緊張ばかりが強《し》いられる種類の会議だ。

獅子堂もまた、部下が休日返上で作ってくれた資料を読み上げる。なんの生産性もない時間が無益に流れてゆくが、新年早々役員以下、部長、課長クラスまでぴしりと顔を揃えるのをよしとする輩もいる。

資料を読めば分かるだろう、と言いたくなる常務の質問にも丁寧に答え、獅子堂は己の役目を終えた。引き続き隣に座る総合営業第三部の部長が立ち上がり、次のページへと促した。

専務が電子機器をうまく使えないという理由で、役員向けの会議はペーパーレス化が進んでいない。これではまるで昭和である。第三部部長が「最適なソリューションを」と読み上げるのを聞きながら、そんな選択ができるならまずこの会議自体を中止にしてくれと苦笑した。

机はコの字形に並べられ、獅子堂の正面には、三条綾子が座っている。ブランド名など分からないが、今日も洒落《しゃれ》た服装だ。こういった無駄をなにより嫌う女のはずなのに、ずいぶん大人しい。

こんな茶番もあと八ヵ月。役員候補と言われながら夢叶わずに去る獅子堂を、ここにいる奴らは負け犬と見做《みな》すのだろう。獅子堂が猪俣を、そういう目で見ていたのと同じように。

あるいは絹子もそうかもしれない。昨日の「どうせ休みだったんだから」という発言には、苛《いら》立《だ》つと同時にぞっとした。定年後は趣味を楽しもうと決めた獅子堂を、否定する言葉だった。「どうせ休みだったんだから」は、「どうせ無職なんだから」と容易に言い換えられる。暇なくせになにもしないと侮《あなど》られる。

働きのない俺は、そんなに無価値なものなのか。忙しいのが偉いのか。なぜお前が、俺の時間の使いかたを決めるんだ。

そんなことを昨夜寝床で考えていたせいで、寝不足だ。会議は相変わらず冗長で、獅子堂は欠伸《あくび》を噛み殺す。会社にも家庭にも、居場所がない。なのにいったいいくつまで、生きてゆかねばならないのだろう。

司会進行役に促され、部下の喜多川が立ち上がる。役員の覚えをめでたくしておきたいのか、常務に代わってくだらない質問をしはじめた。

こいつはたしか、五十をいくつか過ぎたくらいか。ならばまだ野心もあろう。とにかく部長くらいにはなりたいと思っているはずだ。

そんなにいいものではないぞ。

人生の先輩として、下の世代に言ってやれるのはその程度のものだ。生きるということの虚しさを噛み締めて、獅子堂は腕を組み目をつぶる。こうしているといかにも思案げに見えるのだと教えてくれた先輩は、一昨年鬼籍《きせき》に入っていた。

リフレッシュルームで紙コップのコーヒーを買い、柱で隠れた隅の席に腰掛ける。肩周りが強《こわ》張《ば》っており、獅子堂は右へ左へ首を曲げる。

実のない会議は午後遅くまで続いた。役員に気に入られようというモチベーションがすでにない獅子堂にとっては、徒労感《とろうかん》しか生まないひとときであった。他の部長たちのように、まっすぐに自分の席へと戻る気力もない。

五年ほど前に、業務効率の改善と社員同士のコミュニケーションの活性化という名目で作られたリフレッシュルームは、ベンチャー企業のような凝《こ》った内装のものではなく、窓辺に白いカウンターを設置して、椅子を並べただけの無味乾燥な代物《しろもの》だ。

今どきは病院の待合室でさえもっと気が利いている。当然女性社員からは不評で、向き合った席がないためミーティングにも向いていない。お陰でいつも空いているが、高台にあるので眺めだけはいい。

今日も重たい雲が垂れ込めて、間もなく雨になりそうだ。グレーに沈んだ風景は、獅子堂の心象にも繋がっていた。

思えば若いころから雨男だ。絹子との初デートの際は、井《い》の頭《かしら》公園のボートの上で雨に降られた。オールを操るのが不慣れで、桟橋《さんばし》に辿り着くまでに二人ともびっしょり濡れてしまった。

これもまたいい思い出だと、絹子は笑ってくれたのだ。当時は獅子堂の言うことによく笑い、よく感心してくれた。ソウル支店から戻ってきたばかりで、日本人女性はやっぱり愛嬌《あいきょう》があっていいなと思ったものだ。自己主張の激しい女は苦手だった。

それなのに、絹子はいつから夫に向かってああいう物言いをするようになってしまったのだろう。

背後に人の気配がして、振り返る。湯気の立つ紙コップを持った喜多川が佇んでいる。

「獅子堂さん。隣、いいですか」

定年まで間もない獅子堂に胡麻を擂《す》ったところでどうにもならないのに、軽薄に笑いかけてくる。どう足掻《あが》いてもこの男は、課長止まりではないかと思う。

「ああ」と返事をする前から、喜多川は隣の椅子を引く。カップの中身はココアか。甘ったるい香りがする。

「どうも、新年早々お疲れ様です」

「君もな」

労いを返すと、照れたように頬を持ち上げた。悪い奴ではないのだが、言動に五十過ぎの男らしき重みがない。どうも自分はまだまだ若いと、思い込んでいるふしがある。

「正月、どう過ごされました？」

そんなことを聞いてなにになる。

「寝正月だ」

「私もです」

仕事の話ならともかく、喜多川の私生活に興味はない。話題を広げるつもりはなく、獅子堂は苦いだけのコーヒーを口に運ぶ。

「それにしても、さっきのひどかったですよね」

「なにが？」

「三条さんですよ」

ぴくり。獅子堂が犬か猫なら、耳が動いていたかもしれない。どうにか動揺を押し隠し、コーヒーを啜った。

喜多川の言わんとするところは分かっている。先ほどの会議で三条綾子に、「それは今必要ですか」と質問を遮《さえぎ》られたのだ。同じことを常務がしても、なにも言わなかったにもかかわらず、である。

「あの人、誰にでも向かっていく人だと思っていましたけど、下にだけ強く出るタイプだったんですね」

そんなはずはない。三条綾子は入社直後から上と衝突ばかりしてきた。しかし現在の地位を得て、日和見《ひよりみ》になってしまったのかもしれない。なにせ唯一の女性役員だ。周りには気を遣う立場である。

「企画部の部長がぼやいていましたよ。育休を申請した男の部下に『取るなら出世は諦めてくれ』と言ったら、三条さんが乗り込んできたって。さすが旦那に専業主夫をやらせているだけありますよねぇ」

喜多川が声を潜めたまま続ける。胡麻を擂りに来たわけじゃない。出世も派閥も関係のない獅子堂に、愚痴を零《こぼ》したかったのだ。

「ほう」

下手に言質《げんち》を取られぬよう、曖昧《あいまい》に相槌を打つ。この会社で男性の育休申請は、はじめてのことではなかろうか。

「男を一週間も二週間も休ませて、会社を潰す気かって話ですよ。奥さんはなにをしているんでしょうね」

獅子堂も概《おおむ》ね、同意見だった。一人や二人ならどうにかなっても、その傾向が主流になれば働き手はますます足りなくなる。規模の小さな会社では、女性の育休に対応するのさえ精一杯だろう。妻の産後の肥立《ひだ》ちが悪いならともかく、健康ならば取得する意味が分からない。

「なら、女性ばかりが休むことは社にとって損失ではないのかしら」

カツンとヒールの鳴る音がして、女の声が割り込んできた。顔を上げれば噂の人、三条綾子がやはり紙コップ片手に立っている。

「さ、三条さん」

「女性のキャリアアップを阻害してまで男性にこだわる理由は？　まさか男のほうが優秀だからとでも？」

「そんなつもりは。でもやっぱり、子供は母親が」

「そう？　うちは父親が主に面倒を見てきたけれど、立派に育ってくれてるわよ」

喜多川は気の毒なほど狼狽《うろた》えている。真冬というのにこめかみから、汗の粒が滑り落ちた。

「ワークライフバランスという言葉は、男性にとっても無縁じゃないの。なんなら一時間ほど、みっちり講義してあげましょうか？」

「いいえ、そんな、お手を煩わすわけには。あの、業務に戻らなければいけないので、失礼します」

残っていたココアを一気に飲み干し、紙コップを潰しながら立ち上がる。体が二つ折りになるほど頭を下げて、喜多川は逃げた。おそらくパニック状態だ。その背中に向かって、三条綾子が追い打ちを掛ける。

「御年《おんとし》七十の常務とは違って、あなたはまだ頭が柔らかいと信じているわ」

そんなところから聞いていたのか。三条綾子の地獄耳は、若いころから有名だった。

逃げる喜多川を見送ってから、綾子がこちらを振り返る。陰口を叩かれても少しの動揺も滲ませず、にっこりと笑いかけてきた。

「お隣、よろしいですか」

曖昧な返答に終始しておいてよかった。内心冷や汗をかきながら、獅子堂は「どうぞ」と頷いた。

「相変わらず、強いね」

自分を追い越していった元部下には、どういう態度で臨めばいいのか分からない。ためしに敬語で接してみたら、「仕事上必要なときはともかく、それ以外は今までどおりでお願いします」と綾子から頼まれた。

この場合は「仕事上必要でないとき」と判断していいだろう。

「どうして、ここへ?」

このリフレッシュルームを、役員が利用しているところなど見たことがない。だからこそ、喜多川も安心して綾子の話をしたのだろう。

「たまに来るんです。この柱がちょうどよくて」

そう言うと、三条綾子は体の右側にある邪魔な柱をノックした。

「ここに隠れて、人の話を盗み聞きしているんです」

誰もまさか役員が、隅っこの席に潜んでいるとは思わない。聞けば先ほどの育休申請の件も、ここで小耳に挟んだそうだ。三条綾子の地獄耳に、この席は一役かっていたわけだ。

「怖いな」と素直に応じる。綾子も「ふふっ」と肩をすくめた。

「まだちっとも発言力のない役員なので、今のうちに見聞《けんぶん》を広めておこうかと」

他の役員たちも一部の社員も、綾子のことはお飾りと思っているし、そうあってほしいとも願っている。「女に出しゃばられては面倒だ」と、専務あたりが言いそうである。

「だから会議では大人しいのか」

「おじさまたち、人前で恥をかかされるのがなによりお嫌いだから。そのぶん裏ではじわじわと洗脳を進めています。この前専務に『文字を大きくできるんです』と電子書籍端末を渡したら、いたくお気に召していたので、もう少しでペーパーレス化が実現しそうです」

驚いた。誰もがあの人を変えるのは無理と諦めていたのに、大したものだ。しかも正面からぶつかるのではなく、砂山を切り崩すかのごとく少しずつ。いつの間に、そういう技を身につけたというのだろう。

「大改革だな」

厭味ではなく、感心から出た言葉だ。それほどまでに専務の電子機器嫌いはやっかいだった。

「いいえ、まだまだこれからです」

三条綾子が首を振る。謙遜《けんそん》しているわけではなさそうだ。

「うちは歴史があるぶん、いまだに昭和気質が抜けないところがありますからね。新しい部署を作って新時代に対応しているつもりでいますが、中で働く人の意識からまず変えていかないと」

本気で大改革をするつもりでいる。獅子堂は先刻の話を蒸し返した。

「男性の育休取得もその一環か？」

「そもそもあれは、法が定めた権利ですから。取れないほうがおかしいんです」

「だが、そんなに取りたい奴がいるか？」

「我が社の二十代、三十代に実施したアンケートでは、『取りたい』『可能ならば取りたい』合わせて八割近くでした」

そう聞かされて、ついうなり声を上げてしまう。時代は本当に変わったのだ。獅子堂の世代ならば、「考えたこともない」が大半だろう。

「しかしそれでは、いよいよ業務が回らなくなるな」

「環境が整っても個々に経済的な事情がありますから、全員が申請できるわけじゃないと思いますけどね」

育休中は雇用保険から給付金が出るとはいえ、収入が減ることはまず間違いない。そうなると、諦めざるを得ない者もいることだろう。

「だけど女性だってあたりまえにキャリアを積む時代ですから、それぞれの価値観や状況に応じた働きかたを選べる社会であってほしい。働くのが得意な女もいれば、家事が苦にならない男もいるんですから」

「君のところみたいにか」

尋ねると、綾子は歌うようにふふっと笑った。若いころの張り詰めた横顔が嘘のように、柔らかい。

「私のころはまだ仕事を辞めるという極端な選択をしないかぎり、夫が家事育児に携《たずさ》わることはできそうになかったので」

綾子は獅子堂より若いとはいえ、男女雇用機会均等法以前の入社組だ。周りの理解は得られなかったことだろう。

「お陰でなにがなんでも出世して、この会社を変えてやろうというモチベーションにはなりました」

獅子堂はどうだったか。役員になりたいと思っていたのはなんのためだ。たんなる出世欲と見《み》栄《え》、それから役員報酬。役員になるのが目的で、その後なにをしたいのかなど、考えてもみなかった。

「そうか。そりゃあ負けるはずだ」

腹の底から笑いが込み上げてくる。綾子が役員に登用されてから、二人きりで話をしたのははじめてだ。彼女がそんな思いを抱いていたなんて、少しも知らなかった。

獅子堂は「女に負けた」のではない。隣に座っているのは自分よりはるかに先を見据えた、優秀な人材だ。おそらく獅子堂が去った後、改革の鉈《なた》を大いに振るって会社を作り替えてゆくのだろう。

「ま、思う存分やってくれ。私はひと足先に失礼するよ」

「はい。新人時代はご指導ありがとうございました」

獅子堂の定年までに、こうして喋る機会はきっともうない。この時間は先輩を差し置いて役員になってしまった綾子なりの、誠意なのだ。完膚《かんぷ》なきまでに叩きのめされ、いっそ清々しくさえあった。

七

仕事を定時で上がり、地下鉄に乗る。

目的地まではたったの二駅。地上に出て、交差点を挟んだその先だ。三階建ての低層ビルの一階に、絹子の店『ＫＩＮＵ－ＹＡ』はある。

そろそろ夕飯時とあって、店先には若い男と杖を突いた老人が立っていた。歩道に面した、スタンド式の店舗である。

「はい、おまちどお」

カウンターの向こうから調理帽を被った絹子が顔を出し、弁当を渡す。今日も販売スタッフが摑まらなかったのか疲れた様子だが、客には潑剌《はつらつ》とした笑顔を向けている。

「じゃあね、お芝居頑張ってね」とおつりを渡しながら若い男に言い、「寒いから、お膝あっためてくださいね」と老人に言う。どちらも常連だったらしい。

妻が働く様子を見るのははじめてだ。綾子と話をしたせいか、見ておきたいとふいに思った。接客をする絹子は声も表情も、家にいるときより若やいでいる。そこには獅子堂の知らぬ人間関係ができている。

妻なのだから、絹子は自分の人生に従属するものと思っていた。専業主婦だった母が、すべてをかけて獅子堂を育ててくれたのと同じように。もしかすると絹子に対して求めていたのは妻ではなく、母としての役割だったのかもしれない。

つまり俺は、拗《す》ねていたんだな。

夫を放置して働く妻に。そこに男の妙なプライドまで疼《うず》いて、絹子の活躍が疎《うと》ましかった。

「いらっしゃい。いつもの？」

次に現れたスーツ姿の若い男にも、気さくな笑顔を見せている。こんな妻を、獅子堂は知らない。昔はどちらかといえば人見知りで、自分が守ってやらねばと思っていた。

大改革、か。

胸の内で呟いてみる。それが必要なのは、会社だけではないようだ。

ガードレールの向こう側を、クリーニング店のロゴがプリントされたミニバンが走ってゆく。いつか宅配ができるようにしたいという、絹子の言葉を思い出した。獅子堂は、運転ならば苦にならない。

絹子に雇用されるなど、嫌悪しかなかった。立場が逆転して、今度は自分が妻の人生の添え物になってしまうと恐怖した。

だがふと気づく。絹子の人生が誰かの添え物だったことなど一度もなく、獅子堂の人生もまたそうであると。

男と女、妻と夫。心の中の上下関係を取っ払うと、とたんに視界がクリアになった。

事と次第によっては、定年後も好きな車種には乗れないかもしれないな。

小さくなってゆくミニバンを見送り、苦笑する。悪くない、と思っている自分がいる。

薄くなってきた頭頂部に、ぽつりと雨が落ちてきた。周りの通行人はまだ気づいていない。だが電柱の陰に身を潜めている獅子堂のことは、なにごとかと振り返ってゆく。

そろそろ潮時か。スーツの男が立ち去るのを待って、獅子堂は前に進み出す。

一歩、二歩、三歩。

絹子の笑顔に達するまでは、あと何歩歩けばいい？

第三話　涙雨

一

ちくしょう。どいつもこいつも、ふざけやがって！

頭の中で悪態《あくたい》をつきながら、佐渡島幹夫《さどじまみきお》は渋谷道玄坂《どうげんざか》を足早に下ってゆく。十二月の風が首元を吹き抜けてゆくが、血が昇った頭を冷やす効果はない。

目の端に、向かいから歩いてくる女が映る。二十歳そこそこ、細身、男の連れがいないと判断し、すれ違いざまに肩を強めにぶつけた。

どうせ文句は言ってこない。ざまぁみろ。こんな寒空に脚を出して、よたよたと歩いているから悪いのだ。

それでもまだ、むしゃくしゃは収まらない。瀬々香織《せぜかおり》といったか、ナントカアドバイザーのあの女。一段高いところから、人を馬鹿にするようなことばかり言いやがって。

あたりをはばからぬ佐渡島の舌打ちに、驚いたように若者が振り返った。欧米系の若い男だ。久しぶりに訪れた渋谷の街には、外国人の姿が驚くほど増えている。見てんじゃねぇよと佐渡島は、陰影のくっきりした顔立ちから目を逸《そ》らす。

腹立たしい。今の世の中、気にくわないことばっかりだ。そもそもどうしてこの俺が、シニア向けのライフプランセミナーなんぞに出なきゃいけないんだ！

セミナーへの参加を命じてきた糞野郎の顔を思い出し、スクランブル交差点の前で鼻息を荒くする。佐渡島は五十三だ。まだまだ現役もいいところ。いいや、生涯現役と思って生きてきた。若いころに打ち込んでいた柔道のお陰で、体力にも自信がある。

それがなんだ、仕事の話はするなだと？　男とは仕事で語り合うものだというのに、あの女はなにも分かっていない。歳のわりにちょっとは綺麗だったが、しょせんは知ったかぶりのオバサンだ。男たちから社会性を剥《は》ぎ取る気なら、自分もその痛々しい若作りをやめてこい！

自分もオジサンであることを忘れ、佐渡島は瀬々香織をこき下ろす。女はなんといっても若いにかぎる。世間知らずで少し馬鹿なくらいが可愛いのだ。話なんか合わなくっていい。そもそも男は女との対話など、求めてはいないのだから。

とにかく肌だ。若さの漲《みなぎ》る健康的な肢体を折り畳み、佐渡島の「男」で屈服させるのだ。この鬱憤《うつぷん》を、撒き散らさずには帰れない。

このあたりだとたしか、宇田川町《うだがわちよう》に老舗《しにせ》のソープがある。今日はもう、職場に顔を出さなくていいはずだ。時間も余ったことだし、ちょうどいい。

信号が変わり、人の波が渋谷駅から押し寄せてくる。その流れに逆らって、佐渡島はセンター街方面へと足を向けた。

いや、でも待てよ。たしか今はアレが切れていたのではなかったか。

ふいに思い出し、センター街のゲート前で足を止める。そのとたんに後ろから、よろめくほどの衝撃がきた。髪を金色に染めた、若い男がぶつかってきたのだ。

「んだよ、ジジイ」

ぼそりと吐き捨てられた罵倒《ばとう》に、とっさに反応することができない。

うるせぇ、ろくに税金も払っていないガキが。

男の背中が遠くなってから、そんな思いを込めて睨《にら》みつける。世の中は、お前らが見下しているジジイが回しているんだ、ざまぁみろ。

いいや、今はそれどころじゃない。尻ポケットから二つ折りの財布を引っ張り出し、小銭入れを確認する。やはり、ない。いつもそこに忍ばせてあるはずの錠剤が。

しまった。近々「薬屋」とコンタクトを取らねばと思いつつ、日々の雑事に紛《まぎ》れて忘れていた。

慌ててスマホを手に取り、「薬屋」に掛ける。やり取りの内容が残ってしまうメールやLINEでの連絡はNGだ。同じ理由で相手は留守番電話サービスも利用していない。なにをしているのか、いたずらに呼び出し音ばかりを聞かされる。

呼び出しが二十を数えたところで、電話を切った。すぐさま掛け直し、あと二十。やはり出る気配はない。

どうしたものか。スマホを握り締めたまま、途方に暮れる。街は鬱陶《うつとう》しいほどの人で溢れているのに、心情はまるで遭難者だ。あの錠剤が手元にない。ただそれだけで、太平洋に一人放り出されたかのように心細い。

こんな状態で、女を抱けるわけがない。まっすぐ帰るしかないのだろうか。ろくに掃除もしていない、バツイチ男の穴倉のようなワンルームマンションへ。

冗談じゃない。このまま大人しく引き下がっては、瀬々香織に負けた気分になる。自信を回復しないことには、惨《みじ》めさに押し潰されてしまう。

「薬屋」との取引の場所は、いつだって新宿だ。連絡がついたらすぐ会えるよう、移動しておくことにしよう。そのほうがソープの数だって多いし、女の子の質も高い。むしろ好都合だ。

そう決めて、けっきょくスクランブル交差点へと踏み出してゆく。職場が西新宿だけに、知った顔に会ってはまずい。ＪＲではなく副都心線に乗り、新宿三丁目で降りた。

ひとまず地下道直結の喫茶店に腰を落ち着けて、煙草を一本。場所を移してよかった。五十男が心ゆくまで煙を吸い込める店など、渋谷では皆無《かいむ》に等しい。

小腹が空いたので、厚切りのピザトーストとコーヒーを頼む。読み放題の新聞を片手にスマホで風俗情報をチェックして、一時間に一度は「薬屋」に電話を掛けた。

しかし、出ない。コールバックもしてこない。

貧乏揺すりでテーブルが小刻みに揺れる。どうして連絡がつかないんだ。目ぼしい店と、女の子はチェックした。なのに頼みの錠剤だけがないなんて。

近ごろ弱ってきた目に新聞の細かい字は辛い。かといってスマホばかり見ていては充電がもたない。

こうなったら下半身の力強さをジャッジされずに済む、セクキャバあたりでお茶を濁しておくべきか。二十代、三十代のころは、二次会や三次会で同僚たちとよく利用した。女の子を膝に乗せ、胸までなら触り放題の店である。

若い肌に触れたいだけなら、それでも満たされるだろう。だがこの下腹に渦巻いている、征服欲の行き場はない。あくまでも佐渡島は、強く猛々《たけだけ》しい侵略者であらねばならなかった。

椅子の背もたれに身を預け、硬く張った首のつけ根を揉《も》む。

「今度こそ出ろよ、クソガキ」

小声で悪態をつき、スマホを耳に当てたまま目を閉じた。


翌朝の東京メトロ丸ノ内線、西新宿駅一番出口付近には、淀んだ目でよたよたと歩く佐渡島幹夫の姿があった。

足を一歩踏み出すごとに、頭蓋《ずがい》が軋《きし》むような痛みが走る。体の芯がほのかに熱いのは、アルコールが抜けきっていないせいだ。起き抜けに冷たい水をがぶ飲みしても、体はだるいままだった。

「薬屋」とは、いまだに連絡がつかぬまま。昨日は喫茶店の閉店時間より先にスマホの充電が限界を迎え、しかたなく甲類焼酎のボトルを買って帰って痛飲《つういん》した。泥のように酔わないと、虚《むな》しさに押し潰されそうだった。

そのせいで今、地獄を見ている。日曜日のため、電車が混んでいなかったのが救いだ。今の職場は水曜定休で、週にもう一日シフト制の休みがある。

それにしても、なぜ「薬屋」は捕まらないのか。違法薬物は取り扱っていないと言っていたが、処方薬の横流しだって立派な犯罪だ。

まさか、摘発《てきはつ》されたんじゃないだろうな。

だとしたら、しつこく電話を掛けたのはまずかったかもしれない。己《おのれ》の失態に、喉元まで吐き気が込み上げる。

もしもの場合は、警察から呼び出しがくるのか。どのように言い逃れをすればいいのだろう。

でもまぁ、いいさ。どうせ失うものは、多くない。

佐渡島は足を止め、都庁方面に顔を向けた。林立するオフィスビルの陰になって見えはしないが、その向こうには桜井不動産の本社ビルが建っている。今年の六月までは、そこが佐渡島の仕事場だった。

徒歩にして、ほんの十分。今の職場からそう離れてはいないのに、果てしなく遠く感じる。きっともう本社には、足を踏み入れることはないのだろう。

そういえば昨日のセミナーの自己紹介では、営業本部勤務だと言ってしまった。とっさに口をついて出た見栄《みえ》だ。

桜井不動産住宅分譲事業営業本部、計画推進課長。この長ったらしい肩書きが佐渡島のものだったのは、六月までのことだった。

二

西新宿駅からほど近いオフィスビルの三階に、「桜井不動産戸建《こだ》てリフォーム事業、西東京営業所」は入っている。それに「次長」を加えたものが、佐渡島の今の肩書きだ。長ったらしいのは相変わらずである。

五十三歳の誕生日を迎えたと思ったら、事業の末端である営業所に飛ばされた。取り扱うものも数字と上司の機嫌から、顧客の生の声に変わった。

桜井不動産では五十三歳までに部長になれなかった者と、五十七歳までに役員になれなかった者には、それまでの管理職の職務を解く、役職定年制が設けられている。ありていに言えば、その年齢に達すると同時に否応《いやおう》なくヒラに落とされるわけである。

なにか重大なミスを犯したわけでも、成績を落としたわけでもない。ただもう無慈悲《むじひ》に、年齢だけで区切られる。

会社の若返りのために必要な制度だということは、理解しているつもりだった。佐渡島だってその制度があったからこそ、前任者を押しのけて課長の座に就《つ》けたのだ。

だが自分がいざその立場になってみると、あまりの理不尽に身が震えた。五十二歳から五十三歳になったところで、能力に差が出るわけもない。それなのに会社からは用済みとばかりに、たんなる労働力と見做《みな》される。まるで歳を取ること自体が罪だと言わんばかりに。

「おはよう」

全面磨《す》りガラス張りのドアを開け、覇気《はき》もなくオフィスに入る。スタッフは八割がた揃っていたが、挨拶《あいさつ》をしてもほとんどの者が顔を上げない。唯一派遣の石清水《いわしみず》だけが、ほとんど呼気《こき》に近い声で応じた。

半年前なら考えられない光景だ。佐渡島は部下の礼儀作法には厳しい。挨拶を無視されようものなら、名指しで立たせるくらいのことはする。

だが佐渡島は彼らの上司ではない。次長という肩書きは、ただのお飾りだ。出世レースから弾かれた中年男のプライドの保守のため、設けられた名目にすぎなかった。

モチベーションを剝ぎ取られた役職定年者は、受け入れるほうも迷惑だ。佐渡島の課長時代の部下にも一人いたが、自分ならもっとうまくやれるとばかりに指示にはまったく従わなかった。それにはほとほと手を焼いて、「あなたはこの部署に合わない」と子会社へ出向してもらったものだ。

上司でもないのにここで佐渡島が社員教育に口を出せば、同じ道を辿りかねない。肩身は狭くとも、立場が変わったのだと割り切るしかない。

だからって、派遣に同情されるとはな。

派遣事務なら若い女を雇えばいいのに、石清水は短軀《たんく》で肥満気味の四十男だ。就職氷河期世代というやつか。不安定な立場なのはお互い様。だが佐渡島には、弱い者同士慰め合う趣味はない。石清水の情けは、ありがた迷惑でしかなかった。

「おはようございまーす」

共用のハンガーラックにコートを掛けているところに、所長の富永《とみなが》が出勤してきた。佐渡島のときとは違い、スタッフ一同が作業の手を止めて挨拶を返す。三つ揃いのスーツを難なく着こなしてしまう富永は、女子社員にも人気がある。

「あ、ジチョー。ちょっと待ってください」

カシミアと思《おぼ》しきコートの裾《すそ》を翻《ひるがえ》し、にこやかに近づいてくる。富永はことさらに、佐渡島を肩書きで呼びたがる。平板なアクセントの中に、嘲《あざけ》りの色が見え隠れする。

「すみませんがジチョーのコート、煙草臭いとクレームがきているんですよね。同じコート掛けを使うと、においが移ってしまうんです」

直属の上司になったとはいえ、富永は佐渡島より六つも下だ。彼のことは、まだ二十代だったころから知っている。

「ですから消臭スプレーで徹底的に消すか、自席で管理していただけますか。ほら、今どき煙草を吸っている人なんてほとんどいないでしょう。ジチョーは電子煙草でもないから、よけいに気になるみたいですよ。これもまぁ、世の風潮ということでご寛恕《かんじょ》ください」

一応敬語ではあるが、そこにコートを掛けるなというだけのことをねちっこく伝えてくる。風潮に乗れないロートルで悪かったなと腹が煮えたが、ぐっと息を詰めてこらえた。

「そうか、悪かったな」

喫煙者にはなにかと厳しいご時世だ。ここでごねてもしょうがないと諦めて、コートをハンガーから外す。この営業所に個別のロッカーはない。自席の椅子の背に掛けておくしかあるまい。

「こちらこそ、すみませんね。ところで、昨日のセミナーはいかがでした？」

「まぁまぁだ」

「そうですか。後でレポートを提出してください」

富永は佐渡島の手からハンガーを奪い、コートを掛けてから颯爽《さっそう》と一番奥のデスクへ向かう。肩越しにひらひらと、手を振って見せた。

「レポートって」

聞いていない。序盤しか出ていないセミナーのことを、どう書けというのか。まだそんな歳でもないのに、「ジチョーにちょうどいいと思って」とシニアライフプランセミナーを申し込んだのも、富永だった。

この下種《げす》野郎め、楽しんでやがる。

富永は、佐渡島の主任時代の部下だった。もう二十年も前のことだ。今でこそそんな若者は珍しくもないが、仕事とプライベートを完全に切り分けたがるタイプで、当時は浮いた存在だった。

上司からの飲みの誘いを平気で断る、自分のノルマさえクリアすればよしとばかりに周りが残業していてもさっさと帰る、休日の電話はいくら鳴らしても出ない。「飲みニケーションだって仕事の一環だぞ」と窘《たしな》めても、「手当もつかないのに？」としれっとしていた。中高大学と柔道部で鍛えられてきた佐渡島とは、異質にすぎた。

そんな彼に、きつく当たった自覚はある。業務上必要な情報共有をわざと富永がいない飲みの席でしたり、嫌でも連日残業しなければならない量の仕事を割り振ったり、ミスがあれば皆の前で必要以上に責め立てたり。チーム内のミーティングにも、「チームワークより自分のノルマだろ？」と言って参加させなかったことがあった。

パワハラという言葉がまだない時代だった。佐渡島としてはチーム内の不文律《ふぶんりつ》に従えない若者を、鍛えてやっているつもりだった。理不尽に耐えてこそ、人は成長できると思ったからだ。

しばらくすると富永は、自分から異動願いを出して佐渡島から離れて行った。


ギシリ。椅子の背を軋ませて、席に着く。自分自身の背中に圧《お》され、コートが皺《しわ》になりそうだが、しょうがない。なんの因果か、富永の部下になってしまったのが運の尽きだ。

他のスタッフも所長に倣《なら》い、佐渡島のことを軽視している。陰では役職定年を縮めて「ヤクテイさん」と呼んでいるくらいだ。陰口を耳にしても、はじめは自分のことと分からなかった。

不動産の営業所は、所長の性格によって雰囲気がまるで変わってくる。そもそも基本給に見做し残業手当が含まれている、ワークライフバランスとは無縁の業種だ。滅《めっ》私《し》奉公《ほうこう》を是《ぜ》とする所長の下につくと、プライベートはほぼなくなる。

その点、若いころから変わらぬ富永の方針は時代の流れと合っていて、部下たちからはありがたがられていた。徹底的な効率化が図られて、総残業時間は各営業所の中でもダントツに少ないのに、営業成績は上がっている。彼らから見れば佐渡島は、すでに「終わった」ジジイでしかない。

この世の中を回しているのは、たしかにジジイだ。しかし圧倒的多数のジジイたちが、その歯車から弾き出されてうごめいている。自分がいったい、どこでなにを間違えたのかも分からぬままに。

鼻から大きく息を吐き出し、佐渡島は営業に必要な資料を揃えはじめる。富永の当てこすりに腹を立てたお陰で、二日酔いもマシになった。日曜だけあって今日は、新規の顧客面談がびっしりと入っている。

「はい、ミーティングをはじめますよ」

始業時間きっかりに、富永が手を打ち鳴らした。毎朝の習慣だ。十分間のスタンドミーティングで、各々が抱えているタスクの確認と割り振りをすることになっている。

スタッフは派遣も含めて十四人。筆記具やタブレットを手に立ち上がり、デスクから離れて円を作る。きっかり十分と決められているため、それぞれの動作に無駄がない。佐渡島も遅れまいと、その輪に加わろうとする。

「あ、ジチョーはいいです」

だが富永に、手で止められた。

「急ですみませんが、すぐに浦和《うらわ》の見学会の応援に行ってくれませんか。インフルエンザで欠員が出てしまったようで」

「しかし――」

本当に急だ。佐渡島だって、抱えているタスクがないわけじゃない。特に顧客面談など、こちらの都合でキャンセルにはできない案件だ。

「今日はご新規の面談ばかりでしょう。門前《もんぜん》くんたちに割り振りますから、大丈夫です」

富永は、佐渡島のスケジュールをすでに把握《はあく》していた。名前を呼ばれ、この営業所のエース、門前将門《まさかど》が会釈《えしゃく》を寄越す。

三十六歳という若さで、年収二千万円を超えたともっぱら噂の人物だ。基本給は周りと変わらず三百万円だが、歩合《ぶあい》給がとにかく大きい。能力さえあれば、本社勤務の同世代よりずっと稼げる。

「そんな」

そう呟《つぶや》いたきり、言葉も出なかった。佐渡島たちが扱っている商品は、新築さながらの戸建て丸ごとリフォームだ。顧客からの相談を受けて、商品説明に現地調査、プランの提案や見積り、契約、施工管理までを、一人の営業マンが一貫して担当することになっている。

つまり新規の相談を横取りされては、佐渡島の成績にも影響する。本社時代の年収に比べれば、ここの基本給など薄給《はっきゅう》もいいところだ。

別れた妻に引き取られていった娘は、まだ大学生である。大学卒業までは養育費を払い続ける約束だ。あと一年と三ヵ月。佐渡島にもまだ、失って困るものはあった。

「そういうわけですから、お願いしますね」

富永は有無《うむ》を言わせない。この話はこれまでとばかりに切り上げて、ミーティングをはじめてしまった。

十分ですべてを終わらせるには、スタッフも頭の整理ができていなければならない。指名されてはじまった門前の歯切れのよい報告には、もはや割り込む隙がなかった。

浦和営業所か。

佐渡島は頭を振り、皺になったコートを手に取った。

三

浦和までは、新宿から湘南新宿ラインで一本。移動中にスマホで調べたところによると、文教都市ゆえ、駅周辺に性風俗店を出すことは条例で禁止されているそうだ。

浦和から少し南に下った西川口も、かつては性風俗の街として賑わっていたが、十数年前の大規模摘発以降はすっかり寂《さび》れているという。埼玉も、つまらないことになっているものだ。

もっとも新天地を開拓しようにも、錠剤がなければはじまらない。「薬屋」は、本当にどうしてしまったのだろう。

自分でも、おかしいと思っている。ここ最近の、性風俗店の利用頻度は異常だ。以前からたまに利用してはいたが、正直なところ、若いころの行き場がないような性欲はすでにない。人肌恋しいときに、少し温めてもらえればいい程度のものだった。

それなのに役職定年を経てからは、性欲とは別のところが張り詰めて、出口を求めのたうち回っている。社会から虐《しいた》げられていると感じるほどに、制御できないほど昂《たかぶ》ってゆく。

こうなってみて、やっと分かった。理不尽は人を歪《ゆが》めこそすれ、成長の糧《かて》になどならない。

目的の駅に着き、スマホの画面を地図アプリに切り替える。向かう先は、浦和営業所がリフォームを手掛けた一般家屋だ。施主の許可を得て、「丸ごとリフォーム完成現場見学会」が開かれている。

佐渡島は歩きながら、浦和営業所から送られてきた資料にさっと目を走らせた。

今回の物件は築四十四年、延床面積三十六坪の木造二階建て住宅だ。リフォームの動機は家屋の老朽《ろうきゅう》化《か》と、家族構成の変化による。見学会の見どころは、耐震補強工事と最新の住宅設備、広く明るいＬＤＫと、減築により設けられたルーフバルコニーということだ。

必要な情報を頭に入れて、佐渡島は本当に風俗店の看板が見当たらない街へと分け入って行った。


「どうも、お疲れ様です」

背後から缶コーヒーを差し出され、振り返る。浦和営業所の若手スタッフが、「休憩入ってください」と微笑みかけてくる。

午後二時過ぎ。やっと回ってきた昼休憩だ。

コーヒーは普段なら飲まない、加糖のものだった。それでも久しぶりに人間扱いをされた気がして、胸が震えた。

「ああ、ありがとう」

「いいえ、こちらこそ。急なお願いだったのに、ありがとうございます」

この物件の担当者だという、まだ二十代と思しき若者だ。佐渡島の来歴を知らないぶん、あたりまえに敬意を払ってくれる。

「お昼ご飯、近くにそこそこ旨い中華屋がありますよ」

親切に飲食店の場所まで教えてくれたが、なんとなく立ち去りがたい。「そうか」と生返事をして、佐渡島はリフォーム物件に目を向けた。

「いい仕事だな」

対象物件の庭先にタープを立てさせてもらい、そこに受付を置いていた。施工前の写真によればボロボロの土壁だった外装が、真っ白なアルミ外装材に変わって、まるで別の家である。内装にも、施主の要望を細かく汲み取った跡が窺《うかが》えた。

褒められ慣れていないのか、若者は照れたように頬を搔く。

「でも僕、仕事が遅くって。面談の回数も人一倍多いので、所長からはやりすぎだと言われています」

「いいや、それでいい。人にした行為は、必ず自分に戻ってくる。これからも丁寧に人の話を聞いていくといい」

どの口が言っているのかと、自分でも呆《あき》れる。だが苦い経験から出た、生の言葉である。

事情を知らない若者はぽかんとした顔をしていたが、見学者の親子連れが玄関から出てきたのを見て姿勢を正した。

「本日はお休みのところ、ありがとうございました。ぜひこちらのパンフレットと、お菓子をお持ち帰りください」

先ほど書き込んでもらったアンケートによると、三十半ばの夫婦と、小学四年生の娘とのことだ。たまたま前を通りかかったので寄ってみることにしたらしい。こういった通りすがりから、自宅の図面持参でやって来る本気勢まで、見学者の関心度は様々だ。

それでも菓子をつければ、パンフレットはほぼ百パーセント受け取ってくれる。ごく稀《まれ》に菓子だけ受け取って「それはいいや」と断る猛者《もさ》もいるので、「ほぼ」である。

「ありがとうございます」

佐渡島も腰を深く折り、一家を見送る。菓子をもらって嬉しそうに笑う女の子の顔が、自分の娘の瑞穂《みずほ》と被った。妻と別れたときが、十一歳。それっきり会っていない。

離婚の原因は、佐渡島の浮気だ。しかも、二回もばれた。

一度目は彼女と利用したシティホテルの領収書が見つかり、その場を乗り切るために「もう二度としない」と土下座までした。二度目のときには不倫の証拠写真を突きつけられて、ばれていたのだと悟った。離婚調停を有利に進めるために、妻は探偵を雇っていたのだ。

お陰で六十八歳までローンを払い続けることになっている荻窪《おぎくぼ》の家をはじめ、慰謝料と養育費をがっぽりむしり取られた。ちょうど十年前のことだ。あのころは、また稼げばいいと気軽に考えていたというのに。

まさかたった十年で、こんなにカツカツになるとはな。

浮気なんて、皆やっていたことだ。年収が高く業務の性格上体育会系が多い桜井不動産では、不倫の噂など日常茶飯事だった。金払いがいいため、飲みに行ってもよくモテた。一夜限りの過《あやま》ちも含めれば、浮気相手は二人じゃ済まない。でもそれが、男というものだと思っていた。

結婚したからといって、一人の女に縛りつけられるのはご免だ。英雄色を好むとも言う。妻だって、モテない夫よりはモテる夫のほうがいいだろうと、勝手な解釈までしていた。

皆やっていたのに、どうして俺だけ。一度目で懲《こ》りて、やめておけばよかったのか。妻が許してくれたものだから、こいつだって家庭を壊す気はないのだろうと高《たか》を括《くく》ってしまった。

「あの、佐渡島さん」

遠慮がちに肩を叩かれ、ハッと息を飲む。親子連れの姿はすでに小さく、手を伸ばしても届かない。

「鳴ってますよ」

スーツの内ポケットが振動していた。スマホを引っ張り出し、画面に並ぶ見慣れた数字に頬を緩める。

「すみません、ちょっと」と断り、敷地の外に出る。

待ちに待った、「薬屋」からの電話だった。

四

新宿歌舞伎町《かぶきちょう》に、午後七時。「薬屋」から指定されたのは、あらかじめそこが店だと知らされていなければ素通りしそうな、物置めいたプレハブ小屋だった。元のドアが破損したのか、ボロボロの木戸を無理に嵌《は》めてあり、ペンキで「ブタ箱」と書かれている。それが店の名前らしい。

力任せに引き戸を開けると、小さなカウンターと丸椅子が五つ。整理整頓とはほど遠い散らかりようで、ぎゅうぎゅうに押し込まないと五人は座れないだろうと思われる。

時間が早いせいか、先客は一人。それが「薬屋」だった。

「いやぁ、昨日はすんませんでした。スノボ行ってて、今日の昼に帰ってきたんですわ」

佐渡島の顔を見るなり、胡散臭《うさんくさ》い関西弁でまくし立てる。テレビで見る大阪出身の芸人たちとはイントネーションが違うように感じるから、エセかもしれない。いつも被っているニット帽の下に、つるりとした色白の顔。何者か追及するつもりはないが、かなり若い。

「まぁどうぞ、座ってください。なに飲みます?」

カウンターの向こうには男か女か判然としない若者が「いらっしゃいませ」も言わずに立っている。代わりに「薬屋」が、オーダーを聞いてきた。

ここは一応、バーらしい。冷蔵庫の横の棚にごちゃっとまとめられたボトルは各種焼酎に梅酒、安ウイスキー、いつ開けたのか分からない赤ワインと、学生の宅飲みのようなラインナップだった。

「ウーロン茶を」

「酒やないんですか」

「昨日飲みすぎたんだ」

それに酒が入っていると、錠剤がうまく作用しなくなる。無口な店員が黙ったまま冷蔵庫からウーロン茶のボトルを取り出し、円柱型のグラスに注いだ。

「はい、かんぱーい」

「薬屋」が、琥珀《こはく》色の液体が入った自分のグラスを押し当ててくる。いいから早くしろと、佐渡島は目で訴えた。

「うわ、怖。睨まんとってくださいよ。はい、これ」

スタジャンのポケットをまさぐって、「薬屋」がカウンターに置いたのは手のひらに収まるくらいの小箱だった。ご丁寧に、ラッピングまで施《ほどこ》されている。

頼んだのは、青い錠剤の十錠シート二枚。箱に収めるほどの量ではないはずだが。

「あ、お土産《みやげ》です」

がくりと肩の力が抜けた。まだ若いのに、人を食ったところのある奴だ。

「最近めっちゃ僕に会いたがってくれるんで、そのお礼に」

そう言って、目の奥を覗《のぞ》き込んでくる。お楽しみも、ほどほどに。無言で念を押されている。

電話の掛けすぎを怒っているのだろうか。気分を害して、錠剤を売ってくれなくなっては困る。あれがないともはや、日常をやり過ごせない。

はじめはリスカ痕で腕が縞《しま》模様になったデリヘル嬢に「試してみる?」と勧められ、興味本位で飲んだのだ。本番交渉が面倒なので今ではソープ一本だが、あのころはデリも利用していた。

効果は想像以上だった。二十も三十も若返ったかのような強度に、佐渡島は有頂天《うちょうてん》になった。ちょうど役職定年を目前に控えていたころである。

これなら俺は、まだまだいける。自信に満ちた、あの日に戻れる!

ネックはクリニックの受診だった。どの科に行けばいいのか分からないし、医者に向かって要望を伝えるのも恥ずかしい。男性機能の衰えなど、社会的地位のある同性には特に知られたくはなかった。

そこで紹介してもらったのが、「薬屋」だ。個人輸入という手もあるが、調べてみると紛《まが》い物が多いらしく、健康に害を及ぼすこともあるというから恐ろしい。「薬屋」が手を染めているのは処方薬の横流しだから、その点では信用できた。

「すまなかった。今後は気をつける」

こちらは客だが、立場が弱い。素直に謝ると、膝の上にすっと茶封筒が差し出された。にこにこと笑いながら、「薬屋」がカウンターの下で指を四本立てる。

「えぇですよ。今回は、これで」

いつもより一本少ない。戸惑っていると、「薬屋」がさらに笑みを深くした。

「お待たせしてしまいましたんで」

高いならともかく、安くてごねる者はいない。佐渡島は財布から素早く札を抜き出して、同じくカウンターの下で「薬屋」に握らせた。

「まいど」

これにて取引完了だ。さっそく昨日行くつもりだった店に電話を入れよう。

茶封筒をジャケットの内ポケットに入れ、立ち上がる。ウーロン茶の代金を尋ねると、店員がようやく重たい口を開いた。

「千円です」

高すぎるが、この際どうだっていい。カウンターに千円札を投げるように置いた。そのまま外に出ようとして、「薬屋」に呼び止められる。

「あ、ほら、お土産！」

忘れていた。べつにいらないが、断る理由もないのでコートのポケットにねじ込んだ。

「ええ夜を」

ひらひらと手を振って見送られる。待ちに待った夜だった。


プレハブ小屋を出てすぐ佐渡島は、自販機で水を買い錠剤を一錠飲んだ。

この手の薬は即効性のあるものから、じわりと長く効くものまで、種類によって性格が違う。青い錠剤の場合は服用三十分後から現れはじめ、一時間後にピークを迎える。作用時間は50mgなら五、六時間と言われているが、佐渡島の体感ではそこまで長くはない。

なんとしてでも、ピーク時には一戦を交えていたい。歩きながら目をつけておいた店に電話を入れる。フロントの男性スタッフが、「は〜い、マルスで〜す」と独特の節回《ふしまわ》しで応じた。

残念ながら指名を入れようと思っていた女の子は、すでに予約でいっぱいらしい。フロントで顔写真を見比べて選び直す時間がもったいないので、フリーで入ることにする。どのみち写真など、修整が激しくて実物とはほど遠いものになっている。

電話を切ってから十五分ほど、あてもなく街を歩き回る。なんとなく、血流がよくなってきたようである。そろそろかと店に入り、待合室で五分待ってから名前を呼ばれた。

お相手の女の子は、レイナというらしい。トップクラスの子はフリー客にはまずつかないから、さほど期待はしていなかったが、なかなか可愛らしい。ピンク色のスリップを押し上げる胸は豊満で、全体的に色が白くむっちりとしている。

手を繋いで、プレイルームへと通された。風呂場とベッドルームがフラットに繋がっている、ソープ独特のおかしな造りだ。プレイ時間は六十分。あまりゆっくりはしていられない。

身に着けたものを手早く脱がし合い、風呂場に入った。体を洗ってもらいながら歳を聞くと、二十一だという。肌の張りを見るかぎり、嘘はついていないだろう。こんな大衆店でも、働く子の質はひと昔前よりうんとよくなった。

「そんな若くて可愛いのに、なんでこんなところで働いてるの」

尋ねると、レイナは体を密着させてこすり合わせつつ「ええ～っ」と笑った。

一見《いちげん》の、しかもフリー客ごときにプライバシーを探られるのは嫌だろう。だからこそ、人生の先輩面《づら》をして言ってやる。

「早めに足を洗って、真面目にやんなきゃダメだよ。人生ろくなことにならないよ」

「あはは。ですよねぇ～」

レイナは相変わらず笑っている。だが背中に押しつけられた肌が、一瞬冷えたような気がした。

大丈夫、大嘘だ。大企業に入って必死に働いてきたって、ろくなことにはならなかった。針の穴のような狭き門をくぐり抜けた、ほんのひと握りの奴らだけが、旨い汁を啜《すす》れるのだ。もしかするとそれは、腐汁《ふじゅう》なのかもしれないが。

「どうぞ、足元に気をつけて」

体中の泡を洗い流し、浴槽へと手を引かれる。湯に浸かると、歯ブラシを手渡された。小汚いオヤジに、少しでも清潔になってもらおうというわけだ。続いてレイナも湯に身を沈める。乳房が蒸しまんじゅうのようにプカリと浮いている。

本当ならここで潜望鏡のサービスがあるはずだが、さっきの質問で気分を害したのか、レイナはなにもしてこない。そんなだから、フリー客につかされるのだ。トップの子たちにはなんといっても、プロ意識というものがある。

まぁいい。至れり尽くせりの女より、ちょっとくらい意に染まない相手のほうが征服のし甲斐がある。もうやめてと言うまで、貫いてやる。

いい具合に体が温まってきて、ドクドクと脈動を感じるほどに血流が高まっている。そろそろピーク時だ。

「上がりますか」と聞かれ、「ああ」と答える。どこか事務的な対応にも、血が滾《たぎ》る。見ていろ、すぐに人格を剝ぎ取って、物のように小さく折り畳んでやる。

だが急に立ち上がったせいか、立ち眩《くら》みがした。浴槽の縁《ふち》を摑んでこらえる。

「大丈夫ですか?」

おかしい。レイナの声が、やけに遠い。

そう思ったときにはもう、呼吸ができなくなっていた。息を吸おうとしても、どこかでつっかえる。

なんだ、これは。苦しい。どうなっているんだ。

息苦しさに胸を掻きむしる。眩暈《めまい》もひどい。脳みそを箸で掻き回されているかのようだ。

レイナがずぶ濡れのまま浴室から飛び出して、フロントに電話を掛けている。切羽詰まった話し声が、異国の言葉みたいに聞こえてくる。

もしかして俺は、このまま死ぬのか。

レンズの焦点《しょうてん》を絞るように、視界がキュウッと狭まってきた。思考も四肢《しし》の感覚も、バラバラに溶けて湯船に流れる。

最後に女の、甲高《かんだか》い悲鳴が聞こえた気がした。

五

目を開けるとまず、天井の石膏《せっこう》ボードの模様が視界に飛び込んでくる。じっと見ていると地を這う虫のようにうねうねと動きだしそうな穴が、無数に開いている。

この手のボードは吸音性がある上に、値段が安い。ゆえに学校や病院といった公共施設によく使われている。

仕事柄、そんなことにばかり詳しくなってしまった。病院に救急搬送されて、すでに四日目。

朝からの検査続きで疲れたのか、うたた寝をしていたようだ。病床を取り囲むカーテン越しに西日が射しており、何時ごろだろうかと佐渡島は身じろぎをする。

サイドチェストの時計に目をやるより先に、人の気配に気がついた。付き添い用の折り畳み椅子に、二十歳そこそこの若い女が座っている。

誰だ。佐渡島は警戒し、眉間《みけん》を寄せた。女のほうも手にしたスマホから顔を上げ、無表情に見つめてくる。

黒目が大きい気がするのは、コンタクトだろうか。取り立てて美しいわけではないが、今どきの子らしく顔が小さいのですっきりとして見える。思わずつつきたくなるような、白く滑らかな頬をしていた。

「久しぶりだね」

と言われても、佐渡島に心当たりはない。若い女と接する機会など風俗店くらいのものだが、馴染《なじ》みになるほど通った女はいないし、見舞いに来るはずもない。

「もしかして、分からないの？」

女の、胸元に垂れた黒髪が揺れる。口元を窄《すぼ》めるような笑いかたに、はっと閃《ひらめ》くものがあった。

「瑞穂か？」

十年前の離婚以来、会っていなかった娘の名だ。まさかとは思ったが、呆れたような笑いかたが別れた妻に驚くほどよく似ていた。

女はマスカラに縁取《ふちど》られた目を軽く細める。それが答えらしかった。

平日の、午後三時。隅のほうの席で老夫婦が額《ひたい》をつき合わせているだけで、談話室には他に人はいなかった。大きく取った採光窓からは、歌舞伎町の雑多な街並みが見下ろせる。ずいぶん近場に運び込まれたものである。

「コーヒーでも飲むか？」

レンタルパジャマのポケットに突っ込んでおいた小銭をまさぐり、尋ねてみる。談話室には紙コップ式の自動販売機が設置されている。

「ううん、いらない」

「そうか」

佐渡島は行き場をなくした小銭を手のひらの上で弄《もてあそ》ぶ。実の娘といっても、紙コップのコーヒー一杯すら遠慮されてしまう間柄だ。

「パパも、やめといたほうがいいんじゃない？」

「そうだな」

諦めて手近にあった椅子を引き、腰を下ろす。瑞穂もまた、テーブルを挟んだ向かい側に落ち着いた。

「大丈夫なの、出歩いて」

「ああ。医者からの説明があるのは、四時からだ」

「そうじゃなくてさ」

体を気遣われたのだと、一拍置いてから気がついた。

実際に、佐渡島は危なかったのだ。倒れた理由はおそらく狭心症《きょうしんしょう》の発作《ほっさ》。しかし狭心症に処方されるニトログリセリンなどの硝酸系《しょうさんけい》の薬は青い錠剤とは飲み合わせが悪く、通常の処置だと死に至っていたかもしれない。

救急隊員がジャケットの内ポケットに入っていた錠剤に気づいてくれなければ、あるいは救急車の中で意識を取り戻した佐渡島が錠剤の服用を自己申告しなければ、今こうして瑞穂と向き合うこともなかったわけだ。

見れば見るほど、昔の面影《おもかげ》が微塵《みじん》もない。最後に会ったときにはまだ、ランドセルを背負った子供だった。女の子は変わるというが、これほどか。記憶の中の瑞穂は佐渡島譲りの腫《は》れぼったい一重《ひとえ》瞼《まぶた》で、下膨《しもぶく》れだった。

「そんなに変わった？」

涼しげな目に見据えられ、佐渡島は鼻をこすりながら視線を落とす。十年ぶりの再会といっても、喜びより戸惑いのほうが大きい。特に今は、非常に気まずい状況だ。

瑞穂は、どこまで知っているのだろうか。

救急隊員に緊急連絡先を聞かれ、とっさに口をついたのが元妻と娘に譲った荻窪の家の電話番号だった。栃木の実家には足の悪い老母がいるだけだし、その近所に住んでいる妹とは折り合いが悪い。元妻にとっても迷惑には違いないが、他に思いつく相手がいなかった。

それでも元妻は、中央線に飛び乗って駆けつけてくれたようだ。ただし、顔を合わせてはいない。発作を起こしたときの状況を詳しく説明されて、佐渡島の処置が終わるのも待たずに帰ってしまった。

浮気を理由に離婚した男が、十年も経ってソープランドで倒れたのだ。しかも、勃起不全治療薬まで服用していた。今度こそ、愛想を尽かされてもしょうがない。むしろ、よく病院に来てくれたものだと思う。

「パパが倒れた日、あたし、ゼミ合宿で長野にいてさ」

瑞穂が言葉を選びつつ、訥々《とつとつ》と喋りだす。佐渡島は目を上げることもできず、「そうか」と喉に絡んだ声で応じた。

「帰ってもママはなにも教えてくれないし、たまたま留守電を聞いて知ったんだよね」

明日は朝から心臓カテーテル検査がある。局所麻酔をして肘《ひじ》の動脈から冠動脈までカテーテルを通し、造影剤を注入して血管の狭窄《きょうさく》具合を見るそうだ。合併症の危険を伴う検査なので、できれば家族への説明と、当日のつき添いをお願いしたいと医者に言われた。その旨《むね》を留守電に入れておいたが、期待してはいなかった。

「ママには行く必要ないって言われたんだけど、ちょっと、顔くらいは見ておきたくてさ」

胸に込み上げてくるものがあり、佐渡島は唇を噛む。昔から「パパ、パパ」と、無邪気に懐いてくれる子だった。元妻との関係が冷えてくるとその気配を敏感に察して、「ディズニーに行きたい」とねだってきた。子供ながらに、家族の形を繋ぎ止めようとしていたのだろう。

小さな手を、必死に伸ばしてくれていたのに。佐渡島は、瑞穂の想いすら踏み躙《にじ》った。けれども浮気など、家庭を壊してまでするつもりはなかったのだ。専業主婦だった元妻のことを、侮《あなど》りすぎていた。

そんなどうしようもない父親なのに、まだ顔を見たかったと言ってくれる。成長と共に見た目はずいぶん変わったが、瑞穂は優しい子のまま育ったようだ。

礼など言えた義理ではないが、元妻への感謝の気持ちが湧いてくる。この十年、瑞穂をまっすぐに育ててくれてありがとう。お陰でまた、こうして会えた。わざわざ会いにきてくれた。

佐渡島は熱くなった目頭《めがしら》をさりげなく揉む。己の不甲斐なさに、ますます顔が上げられない。

「あのさ、聞いてもいい？」

「なんだ」

指先についた水滴を、手を揉み合わせて塗り広げる。膝の上でそれをしながら、先を促す。

「パパはどうして、そんなに女の人が好きなの？」

心臓を鷲摑《わしづか》みにされたように、息が止まった。また発作を起こすのではないかと危ぶんだ。

胸を押さえ、息を細く長く吐く。あいつめと、元妻の顔を頭に思い浮かべた。

「ママに聞いたのか」

父親が性風俗店で倒れたなんて、わざわざ娘には言わないだろうと、その可能性に賭けていた。なにも知らないからこそ、瑞穂は会いにきてくれたのだろうと信じたかった。

「子供にする話じゃないだろうに」

だからつい、愚痴が出る。心で思っただけのつもりが、言葉になって零《こぼ》れていた。

「あたしもう、成人してるし」

はっとして、佐渡島はとうとう顔を上げた。あれから十年、単純な足し算だ。さっき病室で対面したときも、二十歳そこそこと見当をつけた。

「いくつになった？」

まさか年齢を聞き返されるとは思わなかったようで、瑞穂は目を丸くする。それからじわりと頬を弛めた。

「娘の歳も、分からなくなっちゃったか」

そう言って、悲しげに口元を窄めて笑った。

六

心臓カテーテル検査から二日後に、退院の運びとなった。

売店で買い揃えた歯磨きセットや髭剃り、靴下などを、無造作に紙袋へと突っ込んでゆく。パジャマとタオルはレンタルで済ませたから、一階の受付に返しに行かねば。着替えは救急搬送時のスーツ一式しかなく、諦めて皺くちゃになったシャツに腕を通した。

入院中、瑞穂以外に見舞いに訪れたのは人事部の人間一人だけだ。一週間程度の入院ならば有給休暇で処理できますねと、あまり嬉しくないことを告げにきた。見舞いの品すらない訪問だった。

寂しいものだ。心臓カテーテル検査につき添ってくれた瑞穂も、退院に際しては顔を見せない。検査後の病室で、もう来ないと宣言された。佐渡島の体には心電図モニターと点滴が繋がっており、痛々しい見た目であったはずだ。それでも瑞穂は、淡々と言うべきことを告げていった。

朝から冷たい雨の降る、重苦しい一日だった。瑞穂は折り畳み椅子に座り、少し背中を丸めていた。佐渡島はカテーテルの入り口になった右肘を圧迫止血されており、その鈍痛《どんつう》に耐えながら独白のような娘の言葉を聞かされた。

「あたしね、たぶんパパに変な期待をしていたんだと思う」

少し低い瑞穂の声は、雨音とよく馴染んでいた。四人部屋でも他の入院患者には、ぼそぼそとしか聞こえなかったことだろう。

「会えなくなってもこの十年、ずっと養育費を払い続けてくれたから。高校のときの友達にやっぱり親が離婚しちゃった子がいたけど、一度も払ってくれたことがないって言ってた。お父さんにとって自分はその程度の存在なんだって、思い知らされるって」

わずかな沈黙すらも恐ろしく、無性に煙草が吸いたかった。もちろん、吸えるはずもなかった。

瑞穂は佐渡島が黙っているのをいいことに、話を先に進めてゆく。

「お金だけの繋がりでも、パパはちゃんとあたしを気にしてくれてるんだと思ってた。だからママに反対されても会いに来たの。でも、違ったね」

違わない。と、とっさに言葉が出なかった。養育費を払い続けてきたのは瑞穂のためもあるが、それ以上に佐渡島自身の意地だった。

「感謝はしてるよ。お金を稼ぐって簡単じゃないもん。頑張ってくれたんだよね。だけどパパは、別れてからもママとあたしを悲しませるんだね」

検査直後の体調が思わしくないときに、なぜこんな繰《く》り言《ごと》を聞かされなければならないのか。腕の痛みと相まって、苛立《いらだ》ちが募ってくる。とっくに別れた妻と子に対し、なにをいつまで配慮すれば気が済むのか。

「父親としての義務は、果たしてきたつもりだ」

首を少し曲げれば瑞穂の顔が見られただろうに、佐渡島は天井の模様を見つめたままそう言った。相手を一方的に責めるところも、元妻にそっくりだと思った。

瑞穂は、例の笑いかたをしたのだろうか。苦笑する気配があり、椅子がかたりと後ろに引かれた。

「そろそろ時間だね。あたし、行くね」

つき添いが求められるのは、検査後一時間までである。瑞穂には、それ以上留まるつもりはないようだった。

「ごめんね、たぶんもう来ない。パパにもいつか、大切な人が現れるといいね」

元妻には、恋人がいるらしい。籍を入れるつもりがあるのかどうかは知らないが、瑞穂とも仲がいいそうだ。

お前なんか一人寂しく死ねばいいと、呪いの言葉を吐いてもよかったのに。中途半端な優しさを残し、瑞穂は佐渡島から去って行った。

娘の歳が、分からなかったわけじゃない。元妻と別れたとき、瑞穂は小学五年生だった。

あれから十年。単純な足し算だ。

それでも年齢を聞いてしまったのは、ソープで会ったレイナと同い歳ではないかとあらためて気づき、驚愕《きょうがく》したからだった。

六十分たかだか一万八千円で、プライドごと買い叩いてやろうとした女だ。いいや、女ですらない。男の衝動を受け入れるための、滑らかな若い肉だ。娘と同じ歳の女の子を、そんな目でしか見ていなかった。

己の無自覚に、吐き気がした。おぼろげにしか覚えていないレイナの顔が、瑞穂にすげ替えられる。ピンクのスリップを着て、佐渡島の手を引いてゆく。

それは幼い日に、指切りげんまんを交わした手だ。サービスの一環に使われるのは、「パパ大好き」と言ってくれたことのある唇だ。あられもなく開かれてゆくのは、実の親でも触るのがはばかられる部位だ。

女は若いにかぎると嘯《うそぶ》いて、二十歳前後の子たちの体を買ってきた。とてもじゃないが、両手で足りる数ではない。同じ子には二度と入らず、顔もろくすっぽ覚えていない。

そんな彼女らも、やはり誰かの娘なのだ。気持ちのいい肉の塊などではなく、感情も人格も痛みもある、普通の人だった。

パパはどうして、そんなに女の人が好きなの？

胸によみがえってきた問いかけに、佐渡島は首を振る。

おそらく自分は、女が好きなわけではない。ただ男としての自信を、手放したくなかっただけだ。

男の自信とはすなわち、仕事と金と女だ。離婚前の浮気だって、本気でのめり込んだわけじゃない。できる男のステイタスみたいなものだった。

そのバランスが、役職定年を迎えるころに崩れてきた。仕事と金が思うようにいかなくなり、残るは女だけだが、昔のようにモテもしない。下半身の機能にまで陰りが見えてきて、よけいに執着してしまった。錠剤の力を借りてでも、せめてセックスでは強く猛々しい男であり続けたかった。

そんなふうに釈明をしたところで、ますます軽蔑されるのがおちだ。だからなにも言えなかった。娘と同年代の女の子の心身を踏み躙って、悦に入っていたなんて。下半身がだらしないだけの男と思われていたほうが、まだマシだった。

佐渡島は重苦しいため息を一つ落とし、スーツのジャケットを羽織る。朝一番に担当看護師から手渡された請求書と薬の袋を内ポケットに仕舞おうとして、中にまだ青い錠剤が入っていることに気がついた。

今後の治療の妨《さまた》げになるとして、錠剤は没収されたはずだ。それが、一錠だけ残っている。そういえば錠剤を飲む際、シートを二錠分切り離した。そのとき飲まなかった片割れが、見逃されてしまったのだろう。

　錠剤の鮮やかな青色を見ていると、発作時の胸苦しさがよみがえってくる。紛い物を掴まされたのではないかと疑ったが、ちゃんと国内で流通している正規品であるらしい。そのあたり、違法行為ながら「薬屋」の仕事ぶりは誠実だ。

　狭心症の発作を起こした今となっては、安易に服用できない薬になってしまった。いや、そもそもが医師の診断を受けなければ飲んではいけないものなのだ。

　佐渡島に下った診断は、冠攣縮性《かんれんしゅくせい》狭心症。冠動脈が急に痙攣《けいれん》して細くなり、心筋の血流が不足するため、胸痛発作が起きるそうだ。

「薬の服用が原因とは言いきれません。喫煙、不眠、過労、ストレス、アルコールの飲みすぎなども発作の誘因となりますから、生活習慣を見直してください」

　医者の説明によればどれもこれも、身に覚えのあることばかり。今後は狭心症の薬を飲み続けねばならず、勃起不全治療薬は全面的に禁止とされた。

「だいたい、ああいったものは、信頼できるパートナーと使用するべきなんですよ。でないと、今回のような不測の事態に対応できませんからね」

　そう諭《さと》してきた医者は、三十半ばの若造だった。

　青い錠剤を握り締め、佐渡島は苦く笑う。五十三年も生きてきて、信頼できる相手など、男女を問わずいやしなかった。

コートを腕に掛け、日用品の入った紙袋と通勤鞄を手に、佐渡島は病室を出た。カーテンを張り巡らせたままの同室の面々に、一応「お世話になりました」と挨拶をしたが、なにも返ってはこなかった。

周りにゴミ箱がなく、青い錠剤をまた内ポケットに戻す。エレベーターホールの手前にあるナースステーションで礼を言い、一階に下りて精算窓口で入院費用を支払った。

担当医や看護師に見送られるでもなく、迎えがいるわけでもない。エントランスに向かって、一人とぼとぼと歩いてゆく。都会のど真ん中に建つ病院らしく、大きく取られた窓の向こうには灰色の風景が広がっている。

雨が降ったのか、アスファルトの色が濃い。七日の入院の間に、気温はぐっと下がったようだ。外に出る前に、コートを羽織る。荷物を持っていないほうの手をポケットに突っ込んで、佐渡島は唐突《とうとつ》に歩みを止めた。

指先に、異物が当たる感触がある。握り込んでみると、小さな箱状のものだった。

「あっ！」と、声が出そうになってこらえる。

すっかり忘れていた。「薬屋」からのお土産だ。

中身がなにかは、まだ知らない。血の気が額から引いてゆく。なにかやばいものだったらどうしよう。ラッピングが施されているお陰で、救急隊員が開けなかったのは幸いだ。

「薬屋」は、違法薬物は扱っていないと聞いている。それでも中を検《あらた》めるには、人気《ひとけ》がないに越したことはない。

佐渡島は踵《きびす》を返し、男子トイレの個室に入った。アンモニア臭のこびりついた小部屋で、リボンのかかった箱を取り出す。金のリボンを解《ほど》き、赤い包装紙を剝ぎ取った。

薬物にしては持ち重りがすると訝《いぶか》りつつ、白い化粧箱の蓋《ふた》を開ける。つるりとした球形のものが、箱の幅いっぱいに収まっていた。

手で受けつつ、逆さまにして取り出す。透明な球の中で、白い雪がぱっと舞った。

スノードームだった。丸いガラスの中に、生クリームのような雪に覆われた三角屋根の家と、針葉樹、そして赤いコートの女の子が閉じ込められている。

「なんだこりゃ」

気が抜けて、鼻を鳴らして笑った。

あのガキ、ふざけてやがる。本当にただの土産物じゃないか。

からかわれたのだと思うと、腹立たしい。だが佐渡島は、音もなく降り積もる偽物の雪にしばし見入った。

最後のひとひらが落ち着くと、もう一度天地を返し、雪を舞わせる。真っ白なポーチに立つ女の子は、天に向かって嬉しそうに両手を突き上げている。

永遠に冬が続く、閉ざされた世界。たんなる子供だましのおもちゃにすぎない。それなのに佐渡島は、ガラスのドームから目を離せなくなっていた。

女の子の傍《かたわ》らには、ニット帽を被った雪だるま。外遊びを終えて帰る家は、きっと暖かいのだろう。暖炉の前には優しい父と母がいて、火に当たりなさいと迎えてくれる。キッチンからご馳走のにおいが漂ってくる、満ち足りた夕暮れ時だ。

なぜこんなものに見入ってしまうのだろうと疑問を抱き、思い出した。ミッキーマウスのスノードームを、瑞穂にプレゼントされたことがあった。

「ディズニーに行きたい」という娘の要望を、佐渡島は叶《かな》えてやらなかった。関係が冷えきった夫婦にとって、アトラクションの待ち時間は苦行以外のなにものでもない。だから、逃げた。

「パパは忙しいから、ママと行ってきなさい」と、日曜の昼間からスロットを打っていた。

小料理屋で軽く飲んで帰ると、先に帰宅していた瑞穂から「お土産」と手渡されたのが、小さなスノードームだ。あのときもたしかクリスマス前で、ミッキーマウスは赤いサンタの衣装を着ていた。

佐渡島は性懲《しょうこ》りもなく、スノードームをひっくり返す。きらきらと舞う雪を見ていると、視界の端が滲《にじ》んできた。嗚咽《おえつ》が洩れないよう、空いた手で口元を押さえる。

小さな一軒家と、憂《うれ》いなく笑う女の子。これは別の次元にいる、瑞穂ではないかと思う。

もしも自分が、手の中にあるものを大切に慈《いつく》しめる人間であったなら。身勝手な「男らしさ」の幻想に振り回されず、常に誠実であれたなら。

静寂をたたえた球形の世界の中に、きらめく雪が降り積もる。

病室での再会は、きっと最後のチャンスだったのだ。十年ぶりにやっと会えたのに、佐渡島は気まずい状況にばかり気を取られ、瑞穂のことはなにも聞かなかった。

元気だったか、見違えたな。大学のゼミではなにを勉強しているんだ？　就職活動はもうはじまっているのか？　将来なにになりたいと思っている？　目指しているものがあるなら、できるかぎり力になるぞ。

話すことなら、いくらでもあったのに。これ以上ぼろは出すまいと、佐渡島はだんまりを選んだ。再会を喜ぶ素振《そぶ》りさえ見せなかった。

あれでは自分に興味がないものと、瑞穂は受け取る。やっぱりパパには、愛されてなどいなかったんだと。

ミッキーマウスのスノードームは、離婚のときに置いてきた。思い出に繋がるものは、なるべく持って行きたくなかった。残されたミッキーマウスを見て瑞穂がどう感じるかなど、考える余裕もなかった。

パパは本当はお前を愛しているんだと、胸を張って言うことができない。娘が傷つくかどうかより、己の保身が先に立つ、見限られて当然の男だった。

「くそっ、こんなもの」

ジャケットの内ポケットをまさぐり、青い錠剤の最後の一錠を取り出す。シートのプラスチック部分をぷちりと押して便器に落とすと、勢いよく水を流した。

守るべきものも守れなくて、なにが男の自信だ。他者を虐げていい気になって、辛うじてプライドを保っていただけじゃないか。

佐渡島には、なにもない。自分の中の虚《うろ》を見つめる勇気もなく、隙間に青い錠剤を詰め込み続けた。体を壊して当然だった。

左手に握り締めた球体の中では、女の子がこちらに向かって精一杯に腕を伸ばしている。その笑顔の上に、熱い雫《しずく》がぽつりと落ちた。

七

退院後もう一日仕事を休み、翌日から出勤の運びとなった。

体力が戻っていないのか、いつもより通勤電車の混雑が辛い。踏ん張りがきかなくなっており、ブレーキのたびに体がよろめく。自力で立つ気のない若造が寄りかかってくるので、隣にいた若いOLに覆い被さりそうになり、大いに焦った。

水色のコートを着た、小柄な子だ。以前なら邪魔だとばかりに遠慮なく体をぶつけていただろうに、潰してしまわないよう、無理な体勢で吊り革のぶら下がる銀のポールを摑んだ。そのせいで脇腹が引き攣《つ》った。

若い女に対する苛立ちは、湧いてこなかった。いつまでも電車の混雑を解消できない社会システムが悪いのであって、この子はなにもしていない。よく見ていると、どうやら小柄すぎて吊り革に手が届かないらしかった。

男の規格で作られた社会の中で、男である佐渡島さえも理不尽に喘《あえ》いでいる。女にはもっと、身に合わぬことがあるのだろう。そんなことに、これまで目を向けたこともなかった。

正面に座るサラリーマンが折り畳んで読んでいる新聞に、『定年七十歳時代をどう生きるか』という文字が躍っている。増え続ける社会保障費の支え手が必要なのは分かるが、現実問題として無理だろう。佐渡島自身、七十歳までこの満員電車に揺られ続ける体力があるとは思えない。

腐汁を啜るひと握りのエリートが、じわじわと首を絞めてくる。ふと気づけば佐渡島も、社会的弱者の側に片足を踏み入れている。

バブルの勢いに押されて大企業への就職が決まったときは、こんな時代がくるとは夢にも思っていなかった。バブル崩壊やリーマンショックを経験してさえも、自分はまだ勝ち組だと信じていた。

でもどうやら勝ち逃げは、許してもらえなかったみたいだ。歳と共に、労働環境は厳しくなってゆく。高齢社員を養うために、現役世代だって昇給が頭打ちになることだろう。

先行きに、不安しかない。昨日一日酒も煙草もやらずに自宅で過ごし、万年床《まんねんどこ》に寝そべりながら思った。俺はこの六畳の小汚いワンルームで、人知れず死ぬのかもしれないと。

自力で電話ができないほどの、大きな発作が起きたらもうおしまいだ。両隣とは面識がなく、臭いが出るまで気づいてはもらえない。ひたひたと潮が満ちるように迫ってくる不安から目を逸らすための手段は、もう使えない。

こんなことなら発作で倒れたときに、そのまま死んでいたほうが幸せだったのかもしれない。自分を見つめることもなく、孤独に苛《さいな》まれることもなく、わけも分からず旅立ってしまったほうが楽だった。

それでも、こちらに残ってしまったのだ。この先どれほどの生きづらさが待ち受けているとしても、自分で命を絶つ勇気もない。いつまで続くとも知れぬ生を、素面《しらふ》で乗り切っていかねばならない。

電車が西新宿に到着し、ごそりと人が降りてゆく。どいつもこいつも、不満を身の内に溜め込んだような顔をしていた。

八日ぶりに出勤した職場は、佐渡島の不在が嘘のように、いつもどおりに動いていた。

「おはよう」と挨拶をしても、スタッフはろくすっぽ返事もしない。唯一派遣の石清水が、背後を通り過ぎようとしたときに、「あの、大丈夫ですか」と気遣ってくれた。

派遣ごときに同情されるいわれはないと、少し前ならば憤《いきどお》りの目を向けていたことだろう。人の善意を素直に受け取れないほどに、佐渡島の認知は歪んでいたのだ。

「ああ、ありがとう」

笑みを刻みつつ礼を言うと、石清水のみならず、その周囲もざわついた。誰も彼も佐渡島に無関心なようでいて、動向を気にしていたのだと悟った。

「皆にも、急病で仕事に穴を開けてしまって、迷惑を掛けたと思う。申し訳ない」

誰に言うでもなく周りを見回してから、佐渡島はその場で腰を折る。入院中、抱えていた案件はそれぞれに割り振られたに違いない。誰もが自分の仕事で手一杯のところに、「ヤクテイさん」の病欠だ。陰では散々な言われようだっただろう。

「はぁ」「いえ」「べつに」

気まずそうに目《め》配《くば》せを交わしてから、皆、目の前の作業に戻ってゆく。佐渡島も深くこだわらず、ハンガーラックにコートを掛けて自席に着いた。

「おはようございまーす」

パソコンの電源を入れてメールをチェックしていると、所長の富永が入ってきた。寒くなってきたというのに、コートの前ボタンは全開だ。颯爽とした足どりで一番奥の所長デスクまで行き、通勤鞄をドンと置いた。

「あっ、ジチョー。今日からでしたか。どうです、具合は」

はじめから佐渡島がいると気づいていたくせに、わざとらしく声を張る。こちらから立って挨拶に行こうとしたが、手で止められた。

富永が、コートを脱ぎながら近づいてくる。やけににやけた面《つら》をしている。

「いやぁ、心配しましたよ。大変でしたね」

それが心配している奴の顔かとむかっ腹が立ったが、これでも一応は上司だ。突然の欠勤をぼそぼそと詫びる。

「ま、歳を重ねるとそういうこともありますよねぇ」

富永は佐渡島の背後をいったん素通りして、ハンガーラックに手を掛けた。

「あれっ。ジチョー、駄目ですよ。ここにコートを掛けないでくださいって言ったじゃないですかぁ」

陰険な奴だ。男の通勤用コートなどデザインが豊富なわけでもないのに、どれが佐渡島のものか覚えている。

「ああ。禁煙したからな」

共用のラックを使ってはいけなかったのは、コートが煙草臭いという理由だった。煙草を吸わなくなったなら、そのルールは無効だろう。

「あんなに吸っていたのに？」

「命がかかっているからな」

狭心症にとって、喫煙はもっとも重要な危険因子だと医者から言い聞かされている。とはいえ、二十歳前後から吸い続けてきた煙草だ。急にやめられるものかと思ったが、不思議と体が欲しない。入院期間中に、禁断症状を乗り越えてしまったのかもしれない。

「なるほど」

富永は面白くもなさそうに頷いて、自分のコートを佐渡島のものとは離して掛けた。人のコートを押しのけてまで、隣には掛けたくなかったらしい。ほとんど黴菌《ばいきん》扱いだ。

「始業まで、あと十五分ほどありますね」

オフィス内に壁掛け時計もあるのに、富永はわざわざ腕を突き出し、手首の時計を覗かせる。これ見よがしな王冠マークだ。

「ちょっとだけお話、いいですか？」

そう言って、パーテーションで区切られたミーティングスペースを親指で示す。

ちょうどよかった。佐渡島からも富永に、話しておきたいことがあった。

「配置転換？」

ミーティングスペースの椅子に着き、時間もないからとさっそく切り出された言葉を、佐渡島は復唱する。正面に座る富永は、「ええ」と満足げに微笑んだ。

「僕なりに、ジチョーのお体のことを考えましてね。営業職を続けていくのはお辛いんじゃないかと。事務職に異動願いを出したほうが、負担は減ると思うんですよ」

病気を理由に佐渡島を追い払いたいだけのくせに、心にもないことを言うものだ。白々しさにこちらもつい笑いそうになり、咳払いをして下を向いた。

「心臓バイパス手術をした僕の叔父も、疲れやすくなったと言って非常勤に切り替えていました。体のことを思うなら、働きかたもフレキシブルにしたほうが」

しかも正社員から、非正規になってはどうかと勧めてくる。もう無茶苦茶だ。

佐渡島は、富永をまっすぐに見返した。

「それに関しては、医者とも人事とも話をした。俺の場合は冠動脈の狭窄がないから、手術はない。症状は薬でコントロールできるそうだ。長時間労働は避けるべきだが、所長の指導のお陰でこの営業所はダントツに残業が少ない。まず問題はなかろうということだ」

「はぁ、そうですか」

富永は、失望の色を隠さない。一方的な配置転換はできないから、佐渡島側から申し出てもらいたかったのだろう。

「でしたら今までどおり仕事を回していきますから、少しでも辛いと感じたら遠慮なく言ってくださいね」

仕事を取り上げられたことはあれど、回してもらった覚えはない。だがこれから先は、捌《さば》ききれない量が回ってくる可能性がある。そうやって体に負担を掛けて、佐渡島が音《ね》を上げるのを待つのだ。

富永なら、そのくらいのことはすると思った。ならば、先手を打っておかねばならない。

「なぁ、富永」

佐渡島は、相手が部下であったときのように呼びかけた。

「時代は変わったなぁ。二十年前は、パワハラなんて言葉もなかった。俺はお前に、ずいぶんきつく当たってしまったな。あのときは本当に、申し訳なかった」

「いえ、そんな」

突然の謝罪に富永は目を瞬《しばたた》き、薄笑いを浮かべる。今さらそんなことを言われてもと、内心呆れ返っているのだ。

佐渡島は、構わず続けた。

「今ならコンプライアンス窓口に訴えることもできただろう。でも当時は耐えるしかなかったもんな。巡り巡って俺が部下になったら、仕返しをしてやろうとも思うさ」

富永の笑顔がぎこちなくなってゆく。あれだけ大っぴらに嫌がらせをしてきたのに、指摘されると気まずいのだ。違いますよと否定したくなったらしく、唇が動く。だがその前に、佐渡島は身を乗り出して富永に顔を近づけた。

「でもな、富永。時代は変わったんだ。お前も役職定年を食らいたくなければ、慎《つつし》んだほうがいいぞ」

できるだけ声を低くして、囁《ささや》きかける。今後も嫌がらせが続くなら、俺も黙ってはいないぞという脅しだ。

営業所の所長は、本社の役職でいえば課長にあたる。五十三歳までに部長に相当する職務に就けなければ、佐渡島と同じく、役職定年の憂《う》き目《め》を見る。

パワハラが認められれば、最悪の場合降格処分。減給程度で済んだとしても、今後の査定には影響する。あとは役職定年まで、秒読みというわけだ。

富永の整った顔から、面白いほど血の気が引いてゆく。佐渡島が過去の仕打ちを棚上げにして訴えを起こすとは、少しも考えていなかったのだろう。

佐渡島自身、かつての部下に虐《いじ》められているんですと人に泣きつくなど、前はプライドが許さなかった。情けない奴だと軽蔑されるくらいなら、我慢していたほうがマシだった。

だがこのままでは黙っているうちにうまく丸め込まれて、待遇まで変わってしまうおそれがある。そうなると、話は別だ。

佐渡島にはもう、なにもない。仕事のやりがいも家族も健康も、指の間からすり抜けていった。

本当は、こんな命は惜しくもない。それでも煙草をやめ、酒を飲まないと決めたのは、なにがなんでもあと一年と三ヵ月は生きねばと思ったからだ。

瑞穂が大学を卒業するまでの、一年と三ヵ月。養育費の支払い義務のある、一年と三ヵ月だ。それはあくまでも、佐渡島の意地だった。だって瑞穂にはもう、そのくらいしかしてやれることがないのだ。

だからこれ以上、収入が減っては困る。ちんけなプライドを守っている場合ではなかった。そんなものは、犬にでも食わせてしまえばいい。

「すべては巡ってゆくんだよ。今日の俺は、明日のお前かもしれないぞ」

富永の尖《とが》った喉仏《のどぼとけ》が、上下に動く。

社内での彼の評価は今のところ、悪くはないはずだ。しかし佐渡島だって富永の歳のころには、仕事は順調に回っていると信じていた。

「まぁそんなわけだから、これからもよろしく頼む」

言葉を失っている富永の肩に、ダメ押しで手を置いた。その体がびくりと震える。お灸《きゅう》はうまく効いてくれたようだ。

始業時間まで、残り五分となっていた。

「さ、ミーティングだ」と促し、パーテーションで仕切られた部屋を出る。

富永は、素直に後をついてきた。

会話が筒抜けだったとは思えないが、なにか違和感でもあるのか、スタッフたちがちらちらと視線を投げてくる。その中で佐渡島は堂々と、富永は肩を縮めて自席に戻った。

さて、稼ぐぞ。

歩合の大きい仕事だから、富永の邪魔さえ入らなければ、そこそこの稼ぎになるはずだ。まずは各スタッフに割り振られたであろう顧客を、一人でも多く取り戻さねば。

手帳を取り出すため、通勤鞄をいったん膝の上に置く。ファスナーを開くと、無造作に突っ込んでおいた例のものが目に入った。

「ああ、そうだ」

球形のそれを摑み出し、デスクの片隅に置く。

その衝撃で、中の雪がぱっと散った。

第四話　天気雨

一

「よっし、本日も一件ご成約！」

斜め向かいに座る門前《もんぜん》将門《まさかど》が、エンターキーを高らかに響かせる。これ見よがしに伸びをして、労《ねぎら》いと称賛《しょうさん》を待っている。

「うわ、さすがっすね。今月も単独トップなのに、まだ伸ばします？」

さっそく反応したのは、太鼓持ち気質の長谷《はせ》修平《しゅうへい》。居残っていた女子社員の山川《やまかわ》あかりも、「やだ、すごぉい」と黄色い声を上げている。

こういうとき、正社員でも営業担当でもない自分はどういう態度で臨めばいいのか。席が近いぶん無視はできないし、かといって華やかなりし人々の会話にも割り込めない。だから薄っぺらい笑みを顔に張りつけて、石清《いわし》水《みず》弘《ひろし》はただ見守る。

「長谷、これから時間ある？　ちょっと飲んで帰らない」

「あります、あります。マサカドさんと飲めるの光栄っす！」

「ええーっ。でも門前さん、お子さん生まれたばかりでしょ。しかも双子ちゃん」

「だからだよ。あんまり早く帰ったら手伝わされるじゃん」

「ひっどぉい」

山川はまだ二十四歳だ。口では「ひどい」と言いながら、きゃらきゃらと耳障《みみざわ》りな声で笑いだす。なにがそんなに面白いのだろうと思いつつ、石清水は見守る。

「山川、お前もあと五分で仕事終わらせられたら連れてってやるよ」

「えっ。待って、待って、せめて十分」

「しょうがねぇなぁ」

　石清水が「お前」などと呼んだ日には、山川あかりは真っ赤になって怒るに違いない。門前が相手だから、「やったぁ」と素直に喜んでいる。しょせん女なんて、そんなものだ。

　既婚者でも子供がいても、営業成績ナンバーワンで爽やかな外見の門前はモテる。山川だってその気があるのだろうし、ひょっとしたら一度くらい寝ているかもしれない。残念ながら経験の少ない石清水には、男女の肉体関係の有無《うむ》を雰囲気だけで推《お》し量《はか》ることはできないのだが。

「あっ、佐渡島《さどじま》さんお帰りですか。どうです、一杯」

　肩書きだけは一応「次長」の佐渡島幹夫《みきお》が、自席から立ち上がりコート掛けに向かっている。五十過ぎの佐渡島に配慮してか、門前は口元でお猪口《ちょこ》を傾けるという古い仕草をした。

　午後七時四十六分、金曜の夜だ。他の営業所では残業超過が度々《たびたび》問題になっているらしいが、ここ西東京営業所で今日居残っているメンバーはこれだけだ。所長の富永《とみなが》からして、六時半には帰って行った。徹底して効率を求める所長の実績ではあるが、それに応えられるだけの要領のよさがないと振り落とされる。別の意味で、厳しい職場である。

　佐渡島はコートに袖を通しながら、首を振った。

「いいや。悪いが酒はやめたんだ」

「ああ、そうでしたね」

狭心症《きょうしんしょう》の発作《ほっさ》で倒れてから、佐渡島は酒と煙草を一切やらなくなった。以前はすれ違うだけでも煙草臭がして、女子社員から嫌がられていたというのに。ほんの一ヵ月と少しで血圧の高そうな赤ら顔が治まり、突き出ていた腹もすっきりしてきた。見た目が五歳は若返り、見る者に嫌悪を与えなくなっている。

この営業所でもっとも立場が弱かったのは、佐渡島だったのだ。役職定年という処遇に加え、昔なにがあったのか、所長から目の敵《かたき》にされていた。たとえバブル入社組でも、こんな末路を辿る例もあるのかと、大いに同情したものだ。

だがどうしたことか、近ごろ富永に元気がない。出勤しただけで所内をピリピリさせていた男が、妙に人の顔色を窺《うかが》うようになっている。佐渡島への嫌がらせもピタリと止んで、お陰で彼に話しかけるスタッフが増えた。

営業成績も、じわじわと伸びている。入院前と後ではまるで人が変わったようで、石清水としては少し寂しい。

「口幅《くちはば》ったいことを言うようだが」

佐渡島は通勤鞄を提げ、帰り際に門前を振り返る。

「後々の人生のためにも、今はまっすぐ家に帰っておいたほうがいいぞ。特に双子は大変だ」

押しも押されもせぬ営業所のエースに、忠告めいたことまで言えるようになってしまった。門前も不意を衝かれ、「ははは」と乾いた声で笑っている。

自分の言葉が相手に響いていないと分かっていても、それ以上は深入りせず、佐渡島は「じゃあな」と肩越しに言って帰って行った。

「なんすか、あれ。門前さんはアンタとは違うんですよ、主に年収が！」

佐渡島が姿を消し、間《ま》を置いてから長谷が唇を尖《とが》らせた。門前に聞かせたいだけの悪態《あくたい》だ。山川も追従して、耳障りな笑い声を立てる。

「あの人たしか、離婚してるんですよね。説得力なぁい」

むしろ失敗したからこそ語れるものだってあるはずだが、こいつらは成功者の言葉しか聞きたがらない。年商何億のコンサルだか実業家だかの、ビジネス書ばかり読んでいる。彼らの口から出る受け売りの横文字用語は、石清水にはさっぱり分からない。

「一応、充分すぎる生活費は家に入れてるんだけどね」

「でしょ。門前さんほど稼ぐ旦那さんなら、奥さんだって文句ないっすよ。自分は働かなくっていいんだから」

「いいなぁ。あたしも養われたぁい！」

三バカめ。だんだん聞くに堪《た》えなくなってきた。きりよいところで仕事を終えて、石清水はパソコンの電源を落とす。

「石清水さんもお帰りですか」

ええ、お帰りですよ。本当は定時で上がれたのに、終業時間ぎりぎりに出先から戻ってきたあんたらに会計処理を押しつけられて遅くなりましたけどね。

なんて文句が言えるはずもなく、石清水は「ええ」と薄笑いで頷《うなず》く。

「よかったら、一緒に飲みに行きません？」

コミュニケーション能力の高い門前は、四十三歳の派遣社員にまで愛想がいい。だが山川が一瞬迷惑そうに眉を寄せたのを、石清水は見逃さなかった。

「すみません、用事があるので」

石清水は気弱に微笑んで、通勤用のリュックを手に立ち上がる。

自分なんかがいては、場を盛り下げてしまうことは分かっている。でも石清水だって、この三人と飲みに行くのはご免だった。

二

湯の煮立った大鍋に、乾燥パスタ三百グラムを投入する。

袋に表示された茹《ゆ》で時間は、八分。いいや、アルデンテなど知るものか。長めに茹でたほうが麺がふやけて、腹持ちがいい。

キッチンタイマーがないから壁掛け時計で頃合いを見つつ、十分でざばりと笊《ざる》にあけた。その麺を空になった鍋に戻し、バターと醤油を加えてよく混ぜる。石清水特製パスタの完成である。

狭いワンルームマンションだ。キッチンから暖かいこたつテーブルまで、たったの三歩で到達する。石清水はこたつ布団に膝を突っ込み、鍋のままパスタを啜《すす》りはじめた。

うん、悪くない。パスタ三百グラムが激安で九十八円。調味料を含めても、材料費は百円ほどか。石清水の、定番メニューの一つである。

昨今は低糖質食ブームだが、炭水化物以外で腹を満たそうとすると金がかかる。食費を安く上げたいなら、炭水化物のドカ食いに勝るものはない。だから現代の日本では、貧乏人のほうが太っている。野菜を豊富に食べたくても高いし、調理をする技術もない。

桜井不動産の営業所での、石清水の時給は千五百五十円。保険料などの諸々《もろもろ》を引かれると、月々の手取りは二十万円に満たない。一人ならなんとか生きていける額ではあるが、派遣には三年ごとの雇い止めがある。

正確に言えば派遣社員を三年以上同じ職場で働かせることができず、それを超える場合は直接雇用とするなどの雇用安定措置があるわけだが、現状では人材コスト増を嫌う企業側がその前に契約を解除するケースが多い。

営業所の経理事務として働きはじめて、もうすぐ一年。二年後の身の振り方がどうなっているかも分からず、そのときに備えてできるかぎり貯金はしておきたい。そうなると切り詰めやすいのは、食費だった。

「なぁにが『一緒に飲みに行きませんか？』だ」

汚らしいゲップと共に、胸に溜め込んでいた言葉を吐き出す。

門前たちと自分では、収入はもちろん保障も違う。彼らが飲み会をする店は、一人当たり六千円以上。客単価三千円の安居酒屋でも高いと感じる石清水とは、金銭感覚が掛け離れている。誘われるだけ惨《みじ》めな気持ちになるというのが、彼らには分からないのだろうか。

「分かんねぇだろうなぁ」

大昔のギャグでこういうのがあった気がすると思いつつ、独り言《ご》つ。

きっと門前のような男は、学生時代もヒエラルキーのトップにいたのだ。それでいてクラスの陰《いん》キャにも分け隔《へだ》てなく声を掛ける、「いい奴な俺」に酔っていたクチだ。相手を下に見ているからこそ、「この俺」に声を掛けられたら嬉しいだろうと無邪気に信じている。自分の誘いが迷惑になるとは、欠片《かけら》も思ってはいない。

「クソが」

嫌いなタイプだ。石清水より七つも下のくせに自信満々で、金があり家庭があって、能力もある。そして自己責任という言葉が好きだ。いい歳の男が派遣という身分から這い上がれずに喘《あえ》いでいるのも、本人の怠慢《たいまん》としか受け止めない。

石清水だってかつては、普通に大学に行き、普通に就職し、普通に結婚して、四十三歳を迎えるものと思っていた。だが、就職氷河期世代だった。「普通」なんてものはただの幻想だと思い知った。

それでも大学卒業後、正社員として就職はしたのだ。四十社以上も受けて、やっともぎ取った内定だった。その時点でもはやプライドはズタズタで、内定が出たところで手放しには喜べないほど、心身ともに疲れ果てていた。

しかし氷河期のあおりは入社後も続いた。採用人数を極限まで絞ったために人手が足りず、一人当たりに課せられるノルマは膨大だった。仕事が回らないため上司も追い詰められており、ノルマが達成できないと罵詈雑言《ばりぞうごん》が飛び交った。

サービス残業、休日出勤はあたりまえ。数少ない同期は要領のいい奴から辞めてゆき、石清水だけが残った。一人でぼんやりしているときの口癖が「死にたい」になり、肋骨《ろっこつ》が浮き出るほど痩せていった。一年後、次の新入社員を犠牲にするようにして、どうにか辞めることができた。

それから二十年近く、ずっと派遣だ。もちろん就職活動は何度もした。スキルも実績もない人間を中途採用してくれるほど、この国の企業は甘くなかった。かといって派遣の求人に、実績を積めるものは少ない。ならばと倉庫作業の派遣を続けながら簿記《ぼき》三級、それから二級の資格を取った。

お陰で建築メーカーの、事務の仕事にありつけた。といっても、これも派遣だ。向いていない肉体労働から解放されただけでもまだマシか。そう思うしかなかった。

その会社では、十三年続いた。人間関係も円滑《えんかつ》で、それなりに必要とされているつもりだった。けれども労働者派遣法の改正を盾に、これといった理由もなく契約を切られてしまった。

おもむろに、テレビをつける。歌手なのかアイドル枠なのかよく分からない女が、「あなたもきっと誰かの大切な人」とふにゃふにゃした声で歌っている。石清水は、それを「ハッ」と鼻で笑い飛ばした。

もう長いこと、誰からも大切にされていない。元々低かった自己評価が、さらに下がってゆくばかり。派遣切りに遭《あ》ってからは、もう一度正社員にチャレンジしようという気概《きがい》すら湧いてこなかった。

俺なんて者はもう、一生派遣だ。誰からも必要とされずただの労働力として使い捨てにされ、体がボロボロになるまで働いて死ぬ。なるべく長生きはせず、寝つくことなく死ねたらいいが、そればっかりは分からない。

できることなら、還暦《かんれき》くらいで死にたい。七十や八十まで生きることを考えたら、不安すぎて気が遠くなる。石清水の世代は正社員すら老後の保障が心許《こころもと》ないのだ。自分には幸福な老後など、ぜったいに巡ってくるはずがなかった。

山盛りだったパスタはすでに、鍋の底が見えるほど減っている。もう満腹だったがタバスコで味を変え、石清水はむきになってパスタを啜り続ける。

腹八分目では満足できず、はち切れそうなほど食べるようになってしまったのは、いつからだったか。最後の一本を啜り込み、石清水は箸を投げ出す。

「うーん、苦しい」

そのまま後ろに倒れ込んだ。

腹の重みと、バターによる胸のむかつき。一抹《いちまつ》の後悔と、有り余るほどの満足感。この瞬間にだけ、生きているという実感が湧く。

「ダメだダメだ、仰向《あおむ》けは」

下半身をこたつに突っ込んだままビーズクッションを引き寄せて、体の右側を下にして落ち着く。このまま風呂の時間までだらだらと過ごすのが、至福の時である。

まだ這い上がるつもりがあったころは、隙間時間に資格の勉強を詰め込んで睡眠すら削っていた。けれども努力は報われない。俺の人生こんなもんだと諦めてしまえば、案外居心地がいいものだ。こうして寝転んでいる床のさらに下に深い穴が口を開けているのではないかという不安も、満腹の苦しさが紛《まぎ》らわせてくれる。

こたつで体が温められて、とろりと瞼《まぶた》が落ちてきた。抵抗する気も起きず、そのまま身を委《ゆだ》ねようとする。甲高《かんだか》い笑い声に、はっと意識を引き戻された。

つけっぱなしのテレビの中で、女性アイドルグループが笑い転げている。司会者に冗談を言われ、過剰に反応しているようだ。マイクを向けられたツインテールの女が、「そんなことないまる！」と首を振る。

たしか苗字が丸山《まるやま》だか丸井《まるい》だから、語尾に「まる」がつくという設定だったか。くだらねぇなと石清水は舌打ちをする。そんなものを個性と認めてくれるほど、芸能界は甘くないだろう。

今はどうにか、事務所とグループの力でテレビに出ているだけ。卒業したとたん、見向きもされなくなる。そんな例はいくらでも見てきた。唯一の武器である「若さ」にだって、有効期限はつきまとう。

「でもま、いいよな女は」

アイドルたちがステージに移動して、歌いはじめる。歌詞の内容は、少しも頭に入ってこない。歌番組が減るわけだ。石清水は、欠伸《あくび》を一つ噛み殺す。

こいつらも、可哀想に。こんなに一生懸命歌って踊って、愛嬌《あいきょう》を振りまいても、あっという間に消費され、どんどん若い子たちに取って代わられる。使い捨ての境遇は、石清水とそこまで変わらない。

でも女には、結婚がある。

元アイドルなら、それなりに年収のいい男を摑まえることだってできるだろう。一般女性だって、たとえ派遣という肩書きであっても、結婚の妨《さまた》げになることはない。

馬鹿だろうが低収入だろうが、結婚さえしてしまえば万々歳《ばんばんざい》だ。旦那に働かせて自分は子供でも育てながら、パート程度の仕事でもしていればいい。

「けっきょく人生、女に生まれりゃイージーモードなんだよなぁ」

石清水はバター臭いため息を落とす。

派遣の男は、結婚もできない。婚活市場では石ころほどの価値もない。

もう七年ほど前になるか。母親が無断で親同士の代理婚活というものに申し込み、心を折られていた。東大卒の官僚を息子に持つ親の前には長蛇《ちょうだ》の列ができていたが、石清水の母親には誰一人声を掛けてこなかったそうだ。

心配してくれたのは分かるし、親心というのも分かる。でもなぜ母親の勝手な行動で、こちらまで傷つかねばならないのか。石清水は大いに怒り、母親を怒鳴りつけ、以来宮城の実家には帰っていない。

「頼むから正社員になって、お嫁さんをもらって、お母さんを安心させてよ」

石清水だって、できることならそうしたかった。でもこれは、自分ばかりが悪いのか。政府も今ごろになって氷河期世代への救済策を講じてはいるが、けっきょくはハードで薄給《はっきゅう》ゆえに人手が足りないサービス業や介護職の求人ばかりが目立つ。ふざけてんのかと怒りに震える。

「なにが『養われたぁい』だ！」

見るに堪えずテレビを消すと、耳の奥に山川あかりの声がよみがえった。

ちょっと若くて可愛いだけで、男に金を出させる価値が自分にあると思っている。そうやって身の程知らずに己《おのれ》の値打ちを吊り上げて、結果的に嫁《い》き遅れてしまえ。男は年収、女は若さ。婚活市場で求められるものは、実にシンプルで醜い。

石清水は寝転んだまま腕を伸ばし、こたつテーブルの上をまさぐる。スマホの角が指に触れるが、思っていたよりも遠い。それでも起き上がるのは億劫《おっくう》で、腕と脇腹の伸縮のみを利用して取ろうとすると、腹筋が攣《つ》りそうになった。

「クソ女どもが！」

口汚く責任転嫁《てんか》し、上体を起こしてスマホを手に取る。そのまま流れるような動作で愛用のＳＮＳアプリのアイコンをタップした。

石清水のアカウント名は、「さなたん」。ネットで適当に拾ってきた、制服姿の女子高生の自撮り写真をプロフィール画像にして登録している。つまりは、なりすましだ。

『バイト終わったぁ。まぢ疲れたよぉ。でもママがいるから、家に帰りたくないなぁ』

テキストを手早く打ち込み、投稿する。しばらく待つと、すぐに返信の有無を示す通知アイコンに反応があった。

三

「さなたん」、都内の公立高校に通う十七歳。アルバイト先はカラオケ屋さん。パパは単身赴任中で、ママと弟の三人暮らし。ママは弟にしか興味がないから、「さなたん」はいつだって愛に餓《う》えている。

ＳＮＳを開けば石清水は四十三歳の独身男という殻《から》を脱ぎ捨て、ちょっぴり我儘《わがまま》で寂しがり屋の女子高生、「さなたん」になれる。フォロワー数は二千人弱。一介《いっかい》の女子高生にしては多いほうだ。

『じゃあドライブしない？　迎えに行ってあげるよ。さなたんのバイト先ってどこかな？』

さっそくついた返信に、笑いが抑えきれない。

「はい、一バカ～」と節《ふし》をつけて歌いつつ、レスをつける。

『やったぁ。どこに連れてってくれるのかなぁ？』

『ん～、お台場《だいば》とか。さなたんがＯＫなら、もっといいとこ連れてくよ～』

『いいとこ？』

『さなたんはほら、お城とか好きでしょ？』

『名古屋城とか？』

『ちょっともう、さなたん天然～！』

具体的な情報は与えずに、会話を引っ張る。どこのオッサンが食いついてきたのか知らないが、残念ながらこちらもオッサンだ。女子高生と思い込んで、せいぜい醜態《しゅうたい》をさらすがいい。

そうこうするうちに、二人目、三人目とレスがつく。どいつもこいつも女子高生（嘘だが）相手に『ウチ来なよ』とか『二万でどう？』とか、ひどいものだ。「さなたん」として使っている画像の女の子はかなり可愛いので、簡単に馬鹿が釣れる。

ＳＮＳ上で女子高生のふりをするようになったのは、派遣の雇い止めに遭った二年ほど前からだ。しばらくは次の仕事を探す気にもなれず、貯金を食い潰しながら狭い部屋でゴロゴロしていた。そのときにちょっとした出来心で、アカウントを取ったのがはじまりだった。

アカウントを取ったはいいが、石清水弘として書き込みたいことはなにもなかった。前の職場の愚痴でも書けばよかったのかもしれないが、ＳＮＳにいるのは好意的な人間ばかりではない。『四十代で派遣、終わってんな』などと書き込まれようものなら、本格的に心が死んでしまう。

石清水は、人に優しくされたかった。ちやほやされてみたかった。それで選んだ設定が、女子高生。自分がまだ世界の中心にいると信じて疑わない、若い女だ。

はじめはそれこそなんの憂《うれ》いもない、明るい女の子を演じた。先のことなどなにも考えず、悩みといえば体重が二キロ増えたことくらい。成績は中くらいだけど、流行《はや》り物に敏感で友達も多いから、毎日幸せ。

だがそのキャラは案外フォロワー数が伸びず、なによりこちらが早々にネタ切れを起こした。架空といえど、リアルの自分とあまりにも掛け離れすぎたキャラクターは操れないと思い知った。

その後試行錯誤《しこうさくご》を経て、「さなたん」が生まれたのが約八ヵ月前のこと。自宅に居場所がなくプチ家出を繰り返しているという設定のため、「あわよくば」を期待した男たちのレスが集まりはじめた。彼らが求めていたのは「つけ込む隙」だったのだと、よく分かった。

世の中には偽アカウントでフォロワーを集め、詐欺を働くならず者もいるという。石清水にそういった目論見《もくろみ》はなく、ただ「女子高生のさなたん」という嘘をつき続けているだけだ。

なぜなら、気持ちがいいから。自分の指先から紡《つむ》ぎ出された便所紙より薄っぺらい言葉に踊らされる男たちを眺めていると、歪《ゆが》んだ優越感に満たされる。このクズどもの中には石清水よりも、社会的に恵まれた奴だっているだろう。「さなたん」になればそいつらを、面白おかしく操れてしまう。

けっきょくのところ、女だ。若い女だからこそできることだ。これだけの力があればそりゃあ、高慢《こうまん》にもなる。何者にでもなれるネットの世界で石清水は、はじめて他者を翻弄《ほんろう》する喜びを知った。

べつに誰を傷つけるわけでもない、罪のない暇つぶし。貧乏くじばかり引かされてきたのだから、この程度の遊びは許されてもいい。「さなたん」に群がる男たちだって、どうせろくでもないのだから。

『セパタクローさんち、猫飼ってるの？　いいなぁ。弟がアレルギーだから、うちは絶対飼ってもらえないんだぁ』

『そうなの？　来なよ。猫可愛いよ。荻窪《おぎくぼ》だよ』

『でもね、トカゲはいるの。私爬虫類《はちゅうるい》ダメなのに、弟が好きだから』

『交通費足りなければ、電子マネーで送るから。ＩＤ教えて』

どいつもこいつも、必死すぎる。そんなに十七歳のガキに突っ込みたいのか。

「ダセェ」

スマホを操りながら、石清水はけらけらと笑う。

上手に嘘をつきたければ、幾ばくかの真実を混ぜ込んでおくのがいいという。爬虫類の話は、本当だ。子供のころ、自宅の壁に張りついていたニホンヤモリを捕まえて飼っていた。姉が嫌がっていたのも本当である。

そんな細かいディテールのお陰か「さなたん」は、まだ誰からも存在を疑問視する声が上がっていない。

当分は、「さなたん」のままで遊べそうだ。このキャラクターは扱いやすく、手放すのが惜しかった。

荻窪に来いとしつこい「セパタクロー」を適当にあしらっているうちに、ダイレクトメッセージが届いていた。特定の相手とだけ送り合える、メールのようなものだ。

アイコンをタップし、開いてみる。プロフィール画像は、緩いウェーブのかかったロングヘアーの女の子。石清水がもっとも待ち望んでいた、「なっつ」からのメッセージだった。

本名が菜摘《なつみ》だから、「なっつ」。「さなたん」と同じく、都内の学校に通う女子高生。高三だというから、学年は一つ上だ。プロフィール画像が本物ならば、こちらもかなり可愛い。

「さなたん」は黒髪ボブで、目元がキリッとして快活な感じ。「なっつ」は丸顔を気にしてか、かなり上目遣《うわめづか》いのアングルで撮っている。ふっくらした頬には若々しい張りがあり、垂れぎみのくりっとした目が印象的だ。二人とも、タイプは違えど美少女である。

『さなたん、またなんかあった？　言ってみ』

家に帰りたくないという書き込みを見て、「さなたん」を心配してくれている。「なっつ」はお人好しな女の子だ。

ファーストコンタクトが、二週間前。スケベ男たちのレスが連なる中で、「なっつ」のプロフィール画像は目立っていた。レスの内容も、『あのさ、神待ちとかやめたほうがいいよ。話なら聴くからさ』という、親身なものだった。

あのときの「さなたん」の投稿は、『渋谷で神待ち。進路相談の三者面談に、ママ来なかったぁ。私を大学に行かせる気ないんだって』だ。

これも、実話だ。ただし姉の目線だが。

馬鹿な男ならいくらでも釣れたが、まさか現役女子高生が絡んでくるとは思わなかった。リアルなら、目を合わせただけでも嫌がられる相手だ。彼女らは容赦《ようしゃ》がない。汚い、臭い、キモいと言って、存在自体を否定してくる。

　だが、こちらも女子高生なら話は別だ。すぐに相互フォローをして、ダイレクトメッセージを送り合う仲になった。「なっつ」は女の子特有の共感力を発揮して、「さなたん」のとりとめのない愚痴にも早急に答えを出そうとはせず、寄り添ってくれる。そのぬるま湯のような関係が、思いのほか心地よかった。

『べつに、いつものことだよぉ。ママの誕生日プレゼントに買ったマフラー、こんな安物着けないって返されただけ』

　男たちからのレスは増え続けているが、石清水は「なっつ」とのやり取りを優先する。返事を送ると、ほんの数秒で反応があった。彼女の、レスポンスの速さは異常だ。

『それは傷つく。喜んでほしかっただけなのにね』

『うん、そうなの。私もいいかげん、諦めればいいのにねぇ』

『さなたんは悪くないよ。優しいから期待しちゃうんだよ』

　優しいのは「なっつ」のほうだ。年齢が近いというだけで会ったこともない他人の話に耳を傾けてくれる。だから石清水の胸は本当に、十七歳の少女になったように切なく痛む。

　こんなにも、心が柔らかくなることがあるなんて。「なっつ」は今や、石清水にとって唯一の癒やしだ。この美しい関係が、できることなら永遠に続けばいいのに。

『でも私、友達もあんまりいないしなぁ』

『私がいるじゃん。ねぇあれ、考えてくれた？』

さっそく、思わしくないほうに話が逸れた。石清水は眉をきつく寄せる。

『ごめん、まだ勇気が出ないよぉ』

『先週もそう言ってた。いつなら出るの？』

『会ってみたら、思ったのと違ったってなるかも』

『なんない！　そんなことより本当に友達になったほうが私も安心！』

ＳＮＳ上で繋がっていられれば満足な石清水とは違い、「なっつ」は「さなたん」に会いたがっている。「神待ち」などと言って知らない男の家を泊まり歩くのは危ないから、そんなときはうちに来てほしいというのだ。「なっつ」は、お節介なほど人がいい。

『私は土曜も日曜も、どっちも空いてるから。どこで会うのがいいかな。渋谷？』

強引だ。それほどに「なっつ」は「さなたん」を気に掛けてくれている。嬉しくてもどう打ち返せばいいのか、指が空回る。

『もしかして、私に会いたくない？』

しばらく返事が滞《とどこお》ると、あちらから追い打ちを掛けてきた。

『そんなことない！』と返しながら、石清水は首を振る。

会いたいかどうかと聞かれると、もちろん会いたい。本物の「なっつ」がどんな声で喋るのか、どんなふうに笑うのか、間近で見聞きしてみたい。現実でも、優しく話を聞いてもらいたい。

だけど、「思ったのと違った」どころの騒ぎではない。さして清潔感のない小太りの中年が待ち合わせに現れたら、もはや通報案件だ。「なっつ」にだけはどうしても嫌われたくない。

『じゃあ決まりね。早いほうがいいから、明日にしよう。まずお茶して、それからちょっと買い物して。どっか行きたいとこある？』

それなのに、話はどんどん進んでしまう。断らなければと焦るものの、「なっつ」を傷つけたくはない。穏便《おんびん》な言い回しを探して惑ううちに、石清水は流されてゆく。

四

土曜の午前十一時、渋谷道玄坂《どうげんざか》のファミレスで待ち合わせ。

嘘のような、本当の話だ。三十分前に到着した石清水は、目深《まぶか》に被ったキャップの鍔《つば》で視界の上半分を隠し、店内を注意深く探る。ドリンクバーのコーヒーは、早くも二杯目。そこはかとなく尿意を感じる。待ち合わせ時刻までは、あと八分だ。

心臓が肥大したのではないかと疑うほど、うるさく鳴っている。「なっつ」はもう、来ているのだろうか。

店舗面積が広いせいで、石清水の席からは全体が見通せない。その懸念《けねん》は待ち合わせ場所を決める段階から頭にあったが、若い女性ばかりが集まるカフェに石清水がいては目立ちすぎる。中年男が一人でいても浮かないことが、なによりも重要だった。

石清水はさりげなく席を立ち、店内を見回しながらトイレに向かう。家族連れ、中高年カップル、宗教の勧誘でもしていそうなおばさん二人組、高校生らしき男女五人グループ、ノートパソコンを開いた成人女性――。見たところ、十代の少女の一人客はいないようだ。遅れているのだろうか。トイレからの帰りも慎重に周りを窺うが、やはり「なっつ」はいなかった。

石清水はいったん席に着き「なっつ」が入ってこないかと、入り口付近に目をやった。

流されてつい待ち合わせをしてしまったが、本当に会おうとは思っていない。いいや、会えるわけがない。当日になってからなにかと理由をつけて、断る気でいた。ママから外出を禁止されたとかなんとか、同情を引く理由ならば、「なっつ」だって怒らないだろう。

だが少しだけ、欲が出た。遠くからひと目だけでも、本物の「なっつ」を見てみたくなった。

今がちょうど、十一時。石清水は空になったマグカップを手に、もう一度立ち上がる。とても無駄足を踏ませるのは申し訳ないが、ほんの五分でいい。「なっつ」の実在を感じたかった。じっとしてはいられない。隈《くま》なく視線を走らせながら、ドリンクバーのコーナーへと向かう。

「ちょ、なんだよこれ。まじやめろって」

「うわ、きったねぇ色！」

「ひっでぇ。うんこじゃん、うんこ！」

ドリンクバーの前では、高校生グループの中にいた男子三人が騒いでいた。サーバーのドリンクを片っ端から混ぜて、遊んでいる。飲食店にあるまじき言葉を大声で叫び、腹を抱える。

馬鹿なガキどもめ。揃いも揃って垢抜《あかぬ》けてはいるが、お洒落《しゃれ》と女にモテることばかりに気を取られ、教養がお留守になっている。高校時代に同じクラスにいたら、断固として関わりを避けるグループだ。派手でうるさくて馬鹿笑いするしか能のないガキは、いつの時代にだっている。

石清水は小さく舌打ちをして、そのまま回れ右をした。いまだにこういう奴らとは、関わり合いになりたくない。弱者の痛みなど、想像すらできない連中だ。なんとなく、門前将門の顔が頭に浮かぶ。

ああいった人間が揃いも揃って隕石《いんせき》に押し潰されでもしてくれたら。世の中はもっと、息がしやすいんじゃないかと思う。


空のままのマグカップを持って席に戻り、石清水はスマホを確認する。わずかだが、待ち合わせの時間を過ぎている。

ダイレクトメッセージを開いてみるも、昨夜の『じゃあ、明日ね。楽しみ！』という書き込み以来、なにも届いてはいなかった。

「なっつ」は時間にルーズなタイプだろうか。遅れるにしても、連絡くらいはしてきそうなものだ。もしや途中でなにかあったのではと、不安が頭をもたげてくる。

だがこちらから「どうしたの？」と尋ねては、「さなたん」が待ち合わせ場所に来ていることが分かってしまう。「今どこ？」くらいなら、その後都合がつかなくなったと告げてもおかしくはないだろうか。

「あっ！」

やきもきしているところに新しいメッセージが届き、思わず声を上げてしまう。

『着いたよ。どのへんにいる？』

ついに来た。喜色《きしょく》を浮かべて入り口付近に顔を向ける。昼近くなって客が増え、待合席に座っている男女が二組。それ以外に、新しく入ってきた者はいない。

どこにいるんだ？　首を巡らせようとして、すぐ傍《そば》に人の気配があるのに気がついた。

「おし、やっぱこいつだ」

「はいはい、奥詰めて」

「やべぇ、まじオッサン」

なにがなんだか分からないうちに、四人掛けテーブルのシートに人が滑り込んでくる。

「えっ、ちょっ、なんっ」言葉にならぬ声を発し、石清水はぎゅうぎゅうと奥に押し込まれた。

事態を把握する前に、手にしたスマホを奪われる。ニット帽、お洒落眼鏡、ＭＡ－１、三人の少年がへらへらと笑いながら、石清水と横並びになっていた。さっきの男子高校生たちだ。

二人掛けのベンチシートに都合四人が座っているのだから、呼吸が圧迫されるほど狭い。一番端のＭＡ－１ジャケットを着た少年などは、尻が半分落ちかけている。それでも「おーい」と手を上げて、まだ仲間を呼ぼうとする。

いったいなにが起こっているんだ。助けを求めて首を巡らすも、周りの席の客たちはこちらをちらっと振り返って見るだけで、なにもしてくれそうにない。そうこうするうちにグループの女の子二人もやって来て、向かいのシートに落ち着いた。

瞼が腫《は》れぼったい太りぎみの子と、ハットを目深に被ったスリムな子。公衆の面前で、まさかカツアゲはないだろうと信じたい。

「な、なんなんですか、あなたたち」

情けないことに、声が裏返る。なんでガキ相手に敬語だよと、自分でも嫌になる。でも苦手なのだ。いつの時代にもいる派手でうるさいだけのガキが。

「ダッセェ」

「にゃんにゃんれすか、あなたたちぃ」

お洒落眼鏡が誇張《こちょう》した声真似をし、少年たちがどっと笑う。女の子たちは、にこりともしない。太りぎみのほうは、石清水を睨《にら》みつけてさえいる。

「なんなんですかじゃねぇよ。あんた、『さなたん』だろ」

心臓がせり上がって、口から出てきそうだ。生唾を飲み込んで、どうにか薄笑いを浮かべる。

「なんのことでしょう」

「『バイト終わったぁ。まぢ疲れたよぉ。でもママがいるから、家に帰りたくないなぁ』」

石清水のスマホを取り上げたニット帽が、作り声で昨日の投稿を読み上げる。言い逃れはできそうにない。

「ねぇ、ちょっと。私の顔に見覚えない？」

太りぎみの少女が自分の顔の周りに人差し指で丸を描く。知らない顔だ。緩いウェーブのかかった髪型だけが、妙に既視感《きしかん》がある。

「そう、『なっつ』だよ！」

全然違うじゃないか！　と叫びそうになった。多少の画像加工はしていると思ったが、まるで別人だ。石清水の理想が、音を立てて崩れてゆく。

「ほら、この子のことも知ってるでしょ」

「なっつ」がそう言って、隣に座る少女のハットを取り去った。

こちらはまさに、美少女だ。シャープな顎《あご》のラインにキリッとした目元。髪型は、ショートカットになっている。

「――さなたん」

石清水は少女の顔を凝視《ぎようし》し、ぼんやりと呟《つぶや》いた。

五

頭の中で、ドナドナが流れている。

ある晴れた昼下がりに売られてゆく、仔牛の歌だ。すれ違う人は数多《あまた》あれど、誰もが己の楽しみに夢中で、哀しそうな瞳を向ける石清水には気づかない。

すぐ前には男子高校生たちと「なっつ」、背後には「さなたん」。双方から挟まれて、道玄坂を連行されてゆく。

「うわ、ショボ。三千円しか入ってねぇ」

石清水からかっぱらった財布を開き、ニット帽の少年がげらげらと笑う。前をゆく他の三人も、「マジで?」と手を叩いて喜んだ。

「つうか、小銭入れのとこがマジックテープになってる財布ってなによ。これやばくない?」

笑いすぎて出た涙を指先で押さえ、「なっつ」が甲高い声を出す。どれだけ馬鹿にされても石清水には、下を向いて耐える術《すべ》しか残されていない。

「ええっと、『イシキヨミズ、ヒロシ』? 埼玉住みじゃん、こいつ」

「だせぇ!」

お洒落眼鏡の手には、財布から抜き取った運転免許証があった。「石清水」も読めない親の脛《すね》齧《かじ》りのガキどもに、文句の一つも言うことができない。たとえ弱みを握られていなくても、この人数に囲まれると萎縮《いしゅく》する。しょせん石清水は十代の少年少女にさえも、虐《しいた》げていいと思われる存在だ。

「クレカないの、クレカ。キャッシュカードだけ?」

「嘘だろ。貧しすぎじゃね?」

ＭＡ－１が横から手を出し、財布を奪う。慣れた手つきで現金とキャッシュカードのみを抜き取ると、用済みの財布を植え込みへと投げた。

それを見てお洒落眼鏡も、運転免許証を投げる。「あああ」と中腰で拾い集める石清水を見て、少年たちは腹を抱えて笑い転げた。

狼狽《うろた》えている人を見て爆笑できるなんて、どいつもこいつも笑いのツボがどうかしている。お前らだって社会に出ればゴミみたいなものだ。調子に乗ってると、痛い目見るぞ。

　自分が今まさに調子に乗って痛い目を見ている最中なのも忘れ、石清水は胸の中で呪詛《じゅそ》の言葉を吐く。こいつら全員、人権の「じ」も知らないような会社でこき使われればいい。

「おい、オッサン。なに無視ってんの」

「暗証番号、はよ」

　石清水が財布と免許証を拾って尻ポケットに収めているうちに、少年たちはコンビニの前で立ち止まる。この中ではリーダー格らしいＭＡ－１が、銀行のキャッシュカードをひらひらと翻《ひるがえ》しながら詰め寄ってきた。

　腹の底がひゅっと縮み、睾丸《こうがん》が迫《せ》り上がってくる。たいした金額ではないが、もしものときのために酒も飲まずに貯めてきた金だ。不安定な身である石清水の、心のよりどころとも言えるものだ。

「すみません。勘弁してください、それだけは」

「は、なに言ってんの。オッサンにキョヒ権ねぇから」

　ニット帽がにやけた顔で、ねじ切れそうに鼻をつまんでくる。「痛い痛い痛い！」と涙を浮かべて叫ぶ石清水に、またひと笑いが起きた。

「やっべ。めっちゃ脂《あぶら》ついた」

「キャー。やだ、触んないで」

　顔の前に指を近づけられて、「なっつ」が本気の悲鳴を上げる。そうだ、若い女はいつだって残酷だ。

「なぁオッサン、利口になろうや」

「素直にイシャ料払おうや」

「それか、ここで全裸土下座すんなら許してやんよ」

土曜日の道玄坂、通行人もさすがに石清水が絡まれていることに気づいたようだが、ちらりと視線をくれるだけで通り過ぎて行ってしまう。見て見ぬ振りこそ、多くの日本人が学び取ってきたライフハックだ。石清水も中学校の教室で、その技を存分に披露《ひろう》したものだった。

「動画撮って上げようぜ。『Japanese Dogeza』って」

「いいね、世界に拡散ふぉー！」

少年たちはどんどんハイテンションになってゆく。この歳ごろのガキどもには、悪ふざけと犯罪の区別がつかない。後で警察に届け出られる可能性を、少しも考えていないのか。

でもやましいところがあるのは、こちらも同じだ。肖像権の侵害となりすましは、どのくらいの罪に問われるのだろう。下を向いて歯を食いしばったまま、石清水は四桁《けた》の数字を呟いた。

「は、なに？」

「はっきり言えや！」

「３４７０だって」

答えたのは、それまでろくに喋らず、むしろ退屈そうにしていた「さなたん」だった。石清水はぎょっとして、その整った顔を凝視した。

「おーし、待ってな。下ろしてくるわ」

「どうせ貯金もショボいんでしょー」

「あ、俺、唐揚げ食いたい」

ＭＡ－１と「なっつ」、そしてニット帽がコンビニの自動ドアに吸い込まれてゆく。お洒落眼鏡は見張りのつもりだろうか。その場に残ってスマホを弄《いじ》りはじめた。

石清水が着ているダウンジャケットの裾《すそ》が、ツンと突っ張る。振り返ると「さなたん」が、鼻先に人差し指を立てて見せた。

雨の粒が、ぽつりと頬に落ちてくる。水滴の数が増えてゆく。

「あれ、雨？」

お洒落眼鏡がスマホの画面を袖で拭き、晴れた空を見上げた。

「走って！」

「さなたん」の号令と同時に、ジャケットが強く引っ張られた。石清水は条件反射のように、先にスタートダッシュを切った「さなたん」の後に続く。

「あっ、ちょっと待てや！」

お洒落眼鏡はまだコンビニにいる仲間を気にして、もたついている。

まるで天の助けのような、天気雨だ。石清水はもつれそうになる脚を励まして、角を曲がって百軒店《ひゃっけんだな》をゆく「さなたん」の背中を追いかけた。

百軒店という町の名は、関東大震災後に被災した下町の老舗《しにせ》や有名店をここへ誘致したことに由来する。そのころからの店などもちろん残ってはいないが、ごちゃごちゃとした町並みは当時の名残《なごり》だろうか。風俗の無料案内所やストリップ劇場の看板も見える通りを、「さなたん」は全力で駆け抜けてゆく。

道路にはかなりの勾配《こうばい》があるので、石清水の息はすでに上がっていた。人にぶつかりそうになりながら、「さなたん」を見失わないよう、必死について行く。

道玄坂と松濤《しょうとう》文化村ストリートに挟まれた丘状のこのエリアは、ほとんど迷宮のようなものだ。細い通りが入り組んでいて、土地勘がなければたちまち道に迷う。前を走る「さなたん」に従って曲がり角をいくつか曲がっただけで、方向感覚が馬鹿になった。

呼吸が苦しくて、喉がぜろぜろと鳴る。それでも頬に降りかかる雨は絹糸のように柔らかく、空は不思議と晴れている。ガキどもから逃げている最中なのに、なぜか高揚《こうよう》している自分がいた。

二十メートルほど先を走る「さなたん」が、児童公園の手前でゆっくりとスピードを落とす。すでに脚が重たくなっていたが、石清水はそこへ向けてスパートを掛けた。

どたどたという足音に、帽子を取って息を整えていた「さなたん」が気づいたようだ。きらきらと光る雨に濡れながらこちらを振り返った少女は、息を呑むほど美しかった。

前髪から滴《したた》る雫《しずく》が、ほんのりと上気した頬に伝ってゆく。その雫はきっと、苺のように甘酸っぱいに違いない。

「さなたん」の涼しげな瞳に射られて立ち止まったとたん、収縮した肺が空気を求め、石清水は激しく咳き込んだ。全力疾走なんて何年ぶりか、思い出そうとしても記憶になかった。

「オジサン、ついて来ちゃったんだ」

顎《あご》に溜まった雫を手の甲で拭い、「さなたん」は小さく肩をすくめる。女の子にしては、低めの声だ。

「べつに、途中で分かれてどっか行っちゃってもよかったのに」

これ以上危ない目に遭いたくなかったら、きっとそうするのが正解だった。念のため原宿あたりまで歩いて電車に乗って、ＳＮＳのアカウントはさっさと消してしまう。

免許証は見られてしまったが、あの一瞬で住所を覚えられるはずもない。高校生たちとの縁は、それで切れるはずだった。

でも「さなたん」は、彼らとは違う。そう直感したから、追いかけてしまった。聞いてみたいこともあった。

「だって、なんで」

咳がなかなか治まらない。「さなたん」が斜めがけのバッグから半分ほど残ったお茶のペットボトルを取り出し、こちらに投げた。

「あげる。全部飲んでいいよ」

間接キスだ。妙に緊張する。背徳的《はいとくてき》な気持ちで口をつけ、そろりと飲んだ。なんとなく、ペットボトルの口を唇ですっぽりと覆ってしまわないよう気をつけた。

「なんで、助けてくれたの？」

呼吸が少し整ってから、おずおずと尋ねてみる。

他の高校生たちとは違い、「さなたん」は写真を無断使用された直接の被害者だ。なのにどういった意図で、彼らから逃がしてくれたのか。

「さなたん」が友人たちに教えた暗証番号は、石清水が呟いたのとはまったく別の四桁だった。

３４７０、すなわちサヨナラ。

あのときにはもう、石清水を逃がすつもりでいたのだ。

でも本当に、信用していいのだろうか。「さなたん」のバッグの中で、スマホがしつこく鳴っている。

六

「だから、ごめんて。走ってたから電話出られなかったの。違う違う。オッサンが逃げたから、私が慌てて追いかけたんだよ。うん、ユーゴくんの見間違いだって」

「さなたん」が、目がちょっとイッちゃってるパンダの上で揺れている。

電話の相手は「なっつ」だろうか。まるで息をするように、「さなたん」は嘘を並べてゆく。

「そんでごめん、逃げられた。あいつ、小太りのくせに足速かった。えっ、暗証番号違ったの？マジかぁ。ふざけてるね」

顔色一つ変えないから、隣で見ていて圧倒される。

「カラオケ？　あー、やめとく。走ってて泥跳ねたからさ、うん、このまま帰る。みんなにも謝っといて」

児童公園に唯一あった、動物形のスプリング遊具に並んで座っている。「さなたん」はパンダ、石清水は犬のような顔のライオン。濡れているにもかかわらず「さなたん」がひょいと跨《また》がったから、つられて隣に座ってしまった。ジーンズ越しに染みてきた雨水で、尻がじわりと湿ってゆく。

ここは渋谷の円山町《まるやまちょう》。ゆらゆらと揺れながらぐるりを見回すと、ラブホテルがにょきにょきと天に向かって突き出している。外国人観光客向けのガイドブックでは「Love Hotel Hill」と紹介されている、欲望のるつぼだ。そのど真ん中にぽつんと取り残されたような殺風景な公園で、子供たちが遊ぶことはあるのだろうか。

雨はもう、時折瞼の上で弾けるくらいにしか降っていない。「さなたん」はスマホをバッグの中にすとんと落とすと、ロデオマシンのごとくパンダを揺すりだす。

「なに、なんでまだいるの？」

電話をしている間に気まずくなって帰るのを期待して、こんなところに座ったようだ。スプリングの軋《きし》む音にかき消されそうになりながら、石清水は呟く。

「質問に、答えてもらっていないから」

「聞けばなんでも答えてもらえると思ってるの。私は、あなたの先生なの？」

山奥の湧き水で洗ったような、澄んだ瞳が軽蔑的に細められる。そのとおりだった。「さなたん」には、石清水の質問に答える義理などない。

「オジサンこそ、女の子のふりしてなにがしたかったの？」

反対に問い返されて、石清水は肩を小さく縮める。

「オジサンには答える義務あるから」

気の強い子だ。「さなたん」はきっちりと被害者の権利を行使してくる。

「なにがって言われても――」

あらためて問われると恥ずかしい。自分でも、なぜあんなことで時間を潰していたのだろうという疑問が湧いてくる。

「ただ、楽しかった。無敵になったみたいで」

「無敵って、ただの女子高生が？」

石清水は、紐《ひも》で引かれたように頷いた。子供のころ道端でパンくずに群がっている蟻を見て、口の中の飴玉をわざと落としたことがある。集まってきた蟻たちは、指先で弾くも踏み潰すも、石清水の自由だった。ＳＮＳでは若い女のふりをするだけで、あのときの万能感が味わえた。

「実際に君は、無敵って顔してる」

「んなわけないじゃん」

「さなたん」は天を仰ぎ、鼻を鳴らして笑う。

「女子高生ってだけで痴漢は寄ってくるし、街歩いてるだけで知らないオッサンに『いくら？』

って声掛けられるし、塾講師からセクハラに遭うし。あと、勝手に画像使ってウリキャラ作られてるし」

「それは本当に、すみません」

腹の肉がつかえるほど、石清水は深く頭を下げる。ライオンも一緒になって、ぎしりと前に傾いた。

「オジサンは、誰に勝ちたかったの？」

「えっ？」

「だって、無敵になりたかったんでしょ」

思いがけぬ質問に顔を上げ、目を瞬《しばたた》く。

石清水は、勝ちたかったのだろうか。

なんでも持っている門前に？　派遣社員など鼻にも掛けない山川に？　ネットの海にうごめく、有《う》象《ぞう》無《む》象《ぞう》に？

「いや、違う。俺はもう、誰からも傷つけられたくなかった――」

言葉が途中から、涙に溶けた。込み上げてくるものを抑えきれず、ううと嗚咽《おえつ》を洩らす。

「うわ、びっくりした。泣くんだ」

「さなたん」は、見るからに引いている。初対面のオジサンに泣かれるなんて、さぞ気持ちが悪かろう。でも一度溢れてしまったものを、止めることなどできやしない。

じくじくと泣きながら、もうずっと心が涙を流していたことを悟る。いつからだろう。派遣切りに遭ったとき？　婚活市場に需要がないと知ったとき？　不採用通知の山に埋もれそうになっていたとき？　それとも高校、中学、小学校？

　どこまで遡《さかのぼ》れば、泣き止むことができるのか。

　隣で「さなたん」が、またもやパンダでロデオをはじめた。それからふいに、前に飛ぶ。まるで重力などないみたいに、軽《かろ》やかに。スローモーションのようにゆっくりと、濡れた地面に着地した。

　さっと振り返った「さなたん」の表情は、別人のように引き締まっている。右手を胸に当て、腹の底から声を出す。

「体は大きいくせに、あなたったら臆病なライオンね。あなたみたいな大きな獣が、小さな犬のトトを噛もうとするなんて！」

　唐突《とうとつ》にはじまった小芝居に、ぽかんとして涙が引っ込んだ。反応に困っていると、「さなたん」が桜色の唇でにやりと笑う。

「どう、うまい？　中学の文化祭でやったの、『オズの魔法使い』のドロシー。台詞《せりふ》ってけっこう覚えてるもんだね」

　そう言って、石清水が跨がっているライオンの鼻面《はなづら》をスニーカーの踵《かかと》で蹴った。

「なんで覚えてるかっていうと、強いからじゃなくて、臆病だから自分より弱い生き物を噛んじゃうんだなって思ったから。オジサンは今、噛まれた痕《あと》が痛いって泣いてんだよね？」

『オズの魔法使い』の話はよく知らない。でもたしかに自分は噛まれる側だ。機会も労力も、ずっと搾取《さくしゅ》されてきた。傷は塞《ふさ》がるどころか、膿《う》み続けている。

「だけどオジサンは、臆病なライオンでもあるって知っとかなきゃいけない。だって『さなたん』のアカウントを知ったとき、誰がなんの目的で？　って、めっちゃ怖かったんだから」

「――ごめん」

聞けばアカウントを見つけたのは、さっきいたお洒落眼鏡だったらしい。「さなたん」は可愛いから、こっそり画像検索でもしていて行き着いたのだろう。クラスメイトの男子から、「なんか、こんなのあったんだけど」と教えられたときの衝撃は、石清水の頭では想像が追いつかない。

「べつにいいけどさぁ。ねぇ、どっか入らない？」

「えっ！」

反射的に顔を上げて、周りの建物を見回していた。

「ラブホじゃねぇよ、カフェ！」

「ちちち、違うんだ！」

分かっている。ちゃんと零《れい》コンマ一秒後には頭の中で否定した。言葉の意味を計りかねただけで、期待などしていない。伊達《だて》に四十三年間、非モテ街道のど真ん中を歩いてきてはいないのだ。

「キモいよ、オジサン。お詫《わ》びに甘いもの奢《おご》ってよ」

美少女とカフェに入るのさえ、石清水の人生に起きるはずのなかった奇跡だ。できることならスイーツくらい、いくらでもご馳走《ちそう》してあげたい。

「でも、先立つものが――」

「あ、そっか」

歯切れ悪く申し出ると「さなたん」は、ようやく石清水が文無しになったことを思い出してくれたようだった。

紙幣とキャッシュカードは抜かれたものの、小銭はそのまま残されていた。「なっつ」に馬鹿にされた財布のマジックテープを開けて、公園の片隅に設置されていた自販機に硬貨を滑り込ませる。

「さなたん」は一切の迷いを見せず、温かいミルクティーのボタンを押した。

「オジサン、スマホ決済とか使ってないの？」

「クレカがないので」

「なくてもできるよ。知らないの？」

「本当にすみません。お詫びはまた、あらためて」

「ああ、いい、いらない。もう一回会うとかカンベン」

ホット缶で冷えた手指を温めつつ、「さなたん」はドライな対応を見せた。あたりまえだ。こんななんとも名前のつけようのない関係が、二度三度と続くはずがない。もとより、住む次元が違うのだから。

それでもこのままお別れするのは寂しくて、「さなたん」にはできるだけゆっくりとミルクティーを飲んでほしいと思う。

「オジサンはいらないの？」

桜色の小さな爪で缶のプルタブが開けられる様を、切なく見守る。問われて石清水は、手にしていたペットボトルを振って見せた。

「君がくれた、お茶があるから」

まだあと四分の一くらいは残っている。「さなたん」は口をつけたものをあげてしまったことを後悔したのか、眉を寄せて複雑な心境を表した。

「すごいねオジサン。やることなすことキモいね」

「四十三歳の独身男なんて、こんなもんだよ」

「えっ、パパと同い年！」

ずしりと胃のあたりが重くなる。「さなたん」は高三だというから、十七、八歳。このくらいの娘がいたとしても、少しもおかしくはなかった。

顔も知らない同い年の男は、二十代のうちに結婚して、こんな可愛い娘までいて、おそらく立派に家族を養っている。この差はいったい、どこで生まれてしまったのだろう。

「やだ、落ち込まないでよ。人それぞれじゃん」

そういう言葉は、余裕がある人間が使うのだ。選択肢を狭められた者は、「人それぞれ」と笑えない。だから他人にも、どんどん不寛容になってゆく。

「キミにはきっと、分からないよ」

なんだかんだ言って「さなたん」は、文化祭で主役に選ばれる側の人間だ。石清水はせいぜい、路傍《ろぼう》の草や木といったところだろう。

「それはまあ、そっか」

自分の年齢の倍以上生きている大人の鬱陶《うっとう》しい発言にも、「さなたん」は平然としている。共通点などほぼないのだから、分からなくてあたりまえだ。ミルクティーをひと口飲み、そのまま、公園を出て行こうとする。

石清水は、焦った。飲み終えるまでは一緒にいられると思っていたのに、もうこれでさよならなのか。十代の女の子に甘えすぎたと猛省《もうせい》した。

「あの、ごめん。ええと――」

名前を呼びかけようとして、本名を知らないことに気づく。「さなたん」は道路に出たところで立ち止まった。

「いいよ、『さなたん』で」

名前を教える気はないようだ。

当然のことに、また落ち込む。「さなたん」といると石清水まで、思春期のような危うい気持ちにさせられる。

待って、行かないで。また歩きだした「さなたん」を、目だけで追う。公園のフェンスの向こうとこちらに、運命は分かれた。

「あ」と、道路の向こう側を見て「さなたん」が小さく声を上げる。

昼間のラブホテル街は、決して人通りが多くはない。いたとしても、やけにこそこそと歩いている。それなのに向こうから来る六十がらみの男は、「なにも後ろ暗いことはございません」とばかりに背筋をぴんと伸ばしていた。

ペラペラの「ジャンパー」を着た、どこにでもいそうな初老だ。うっかり迷い込んだにしては、目的意識がありそうな足取りだった。

などと思いつつ見ていると、男は突然、ラブホテルの入り口に出ていた幟《のぼり》の台座を蹴りつけた。

「なんだこれは、ここは歩道だぞ。はみ出てるじゃないか、いい加減にしろ！」

がなり立てながら、ドスドスドスと蹴りを繰り出す。幟が風に煽《あお》られて倒れないようプラスチック製の台座には水が入っているので、重いはずだ。ちょっと蹴ったくらいではびくともせず、足に体重を掛けてじりじりと押し込む。幟は台座ごと、ホテルの敷地内へと移動した。

「まったく、どいつもこいつも！」

ひと仕事終えた男は膝に手をつき、肩で息をしている。思いのほか重労働だったようだ。

「『世直しオジサン』だ」

その様子を見ていた「さなたん」が、乾いた笑い声を上げた。

「世直し？」

「うん、渋谷の名物オジサン。こんなところまでパトロールしてんだね」

渋谷で遊ぶ中高生の間では有名らしい。道端の看板が邪魔だとか、横並びで歩道を塞ぐなとか、道路に面した店のＢＧＭがうるさいとか、あちこちに注意をして回っている。人の話など聞かずに問答無用で怒鳴りつけてくるものだから、評判は悪い。

「言ってることは、なにも間違ってないんだけどねぇ」

フェンス越しに見る「さなたん」の横顔は、大人びている。さっきから感じている離れがたさの正体が、ふと理解できた気がした。

「さなたん」には若い女に特有の、不寛容さがないのだ。彼女らは「イケオジ」でもないそのへんのオヤジなど眼中にないし、少しでもかかわろうものなら「ウザい」と排除しにかかる。でも「さなたん」はなんだかんだで石清水と会話はするし、「世直しオジサン」の存在も認めている。

そのフラットさが、心地よい。ありていに言えば石清水は、目を見て話をしてくれる女の子に、ほのかな恋心を抱きはじめていた。

「おいコラお前、そこの女！」

「世直しオジサン」の標的が変わった。「さなたん」に気づき、怒鳴りながら道路を横切ってくる。

「若い娘がこんなところをうろつくとは、けしからん！　危ないだろうが、帰れ！」

たしかに言っていることは正論だ。ではなぜこんなにも喧嘩腰なのか。傍《そば》にいただけの石清水ですらムッとしたが、「さなたん」は飄々《ひょうひょう》とした態度を崩さなかった。

「大丈夫、これ保護者」

親指を立てて、肩越しにこちらを指す。「世直しオジサン」は、そう言われてはじめて石清水を見た。想定外の「保護者」の登場に狼狽えて後退《あとずさ》りをしたが、どうにか半歩で踏み留まる。

「あんたが親か。しっかりしろ！」

どこをどう見ても血の繋がりがあるとは思えないだろうに、「世直しオジサン」は勝手にそう決めつけた。

反論は認めない。言いたいことだけを言って満足したのか、鼻を鳴らして進行方向に顔を向ける。そしてまた次のターゲットを探し、背筋をピンと伸ばして去って行った。

「なんだ、あれ」

「人それぞれだよ」

「さなたん」は相変わらず、しれっとしている。

今度は石清水も、「そうか。そうだな」と頷いた。

「さて、このまま松濤に抜けて帰ろっか。あのへんなら菜摘たちもいないだろうし」

石清水を取り逃した高校生たちは、諦めてそのまま渋谷で遊んでいるらしい。いかに繁華街から近くても、高級住宅地の松濤に用はなかろう。鉢合《はちあ》わせを避けるには、そのルートが確実だった。

「だからそこまで送ってよ、オトーサン」

「さなたん」がフェンスの向こうで悪戯《いたずら》っぽく微笑む。切なく軋む胸を押さえ、石清水は辛うじて「はい」と裏返った声を発した。

七

「ふぅん。じゃあ本当に私の写真は、たまたま見つけたから使ったんだ？」

高級住宅地へと続く坂道を、「さなたん」の先導で下ってゆく。女の子にしては歩くのが速く、石清水は時折小走りになり、差を縮める。

これではどちらが送ってもらっているか分からない。石清水は息を弾ませ、ぺこりと頭を下げた。

「すみません」

「まぁ中身がオッサンだってことは、文面からなんとなく伝わったけどね」

「えっ、そんな」

自分ではうまく騙《だま》せているつもりだった。その証拠に、男たちはいくらでも釣れた。「さなたん、さなたん」と、大人気だったのだ。

「ちっちゃい『あ』と『お』の使いかたがオッサンっぽいって、菜摘と言ってた。リアル女子高生、あんなの多用しない」

可愛い女の子を演出するつもりが、裏目に出た。参考にした深夜アニメがいけなかったのか。

「そしたら男子が『オッサンだったらシメる』って盛り上がっちゃってさ。やっかいなことになってごめんね」

「キミが謝ることじゃないよ」

はじめから乗り気ではなかったから、石清水を逃がしてくれたのだ。怯《おび》える中年男を見ていい気味と思いはしたが、それ以上はやりすぎと判断したらしい。「さなたん」が周りに流されすぎない子だったお陰で、助かった。

「でもま、『さなたん』がオジサンでよかったよ。あんな子が本当にいたら、可哀想だもん」

石清水の歩みが鈍る。馬鹿な男たちの同情を引くために、「さなたん」にはモデルがいた。今も宮城に住んでいる、実の姉だ。

長距離ドライバーだった父親はろくに家には寄りつかず、母親は姉を無視して石清水だけを猫可愛がりした。

「ヒロくんは男の子なんだから大学を出とかないと。アンタは我慢しなさい」

中高一位をキープするほど成績優秀だった姉は、母の猛反対により進学まで諦めている。そのくせ「女の子はやっぱり近くにいてくれるのが一番」と結婚後も隣町に住まわされ、些細《ささい》な事で呼びつけられていた。いるのかいないのか分からない状態だった父親が十年前に他界してからは、その傾向がいっそうひどくなったようだ。

「どうしたの？」

石清水の足音が遠ざかったのを訝《いぶか》って、「さなたん」が振り返る。

ヒエラルキーのトップにいそうなこの子にも、理不尽を覚えることはあるのだろうか。いいや、見た目が可愛いというだけで画像を無断使用されるのは、充分に理不尽なことだ。石清水は

「なんでもない」と首を振る。

松濤エリアに近づくにつれ、ラブホテル群が途切れ、普通のマンションになってゆく。松濤文化村ストリートに出てから後ろを振り返っても、いかにもな造りの建物は気配すらなく、見事に擬態《ぎたい》されていた。

この通りを渡った先に、松濤のお屋敷町はある。右に曲がれば見慣れた渋谷の街並みに戻ってしまうため、「さなたん」はまっすぐに歩みを進める。

「い、いいのかな」

なんとなく気後《きおく》れがした。くたびれた中年男を識別《しきべつ》して弾き出すセンサーなりが、張り巡らされているのではないかと疑う。一度も洗ったことのないノーブランドのスニーカーの汚れが、急に恥ずかしく思えてきた。

「私、お屋敷町を歩くのってはじめて」

「俺もはじめてだけど」

一方「さなたん」の足取りは、遠足に向かう子供のように弾んでいる。まるで社会科見学のノリだ。

足元はまた、たらたらとした上り坂である。奥へと進むごとに、街の音が消えてゆく。

歓楽街《かんらくがい》に隣接しているのが嘘のように、静かだった。土曜というのに通りには、人っ子一人歩いていない。丈高《たけたか》い庭木のざわめきと、小鳥の囀《さえず》りのみが時折聞こえる。

「塀、高っ！」

「さなたん」が、両脇に並ぶ大邸宅に目を見開く。どの家も要塞のような塀を備えており、中が窺い知れない。高さだけではなく敷地面積も、あたりまえに百坪から三百坪はありそうだ。

「バケモンだ」

石清水も呆気《あっけ》に取られて呟いた。片や築三十年以上、十五平米のワンルーム暮らし。この町の住人から見れば、犬小屋のようなものだろう。

「いったいなんの仕事してりゃ、こんなところに住めるんだ」

「さぁ。ゲーノー人とか？」

「さなたん」もまた、お金持ちのイメージには乏しいようだ。一庶民が想像できる範疇《はんちゅう》を超えているのだから、しょうがない。

「ちなみにオジサンの仕事は？」

「——しがない派遣です」

「あー」

「さなたん」が天を仰ぎ、からからと笑う。笑い飛ばしてくれたことでむしろ救われた。憐《あわ》れまれでもしたら、すぐそこにある堅牢《けんろう》なコンクリート塀に頭を打ちつけて死にたくなったことだろう。

「なんかもう、生きてるのが馬鹿らしくなってきた」

「カクサ社会ってやつだね」

富豪たちがどんな車に乗っているのか見てやろうと思っても、そもそもシャッターのついていないガレージなどない。石清水に彼らの暮らしが想像できないように、彼らもまた三百グラムの醤油バターパスタを啜る生活など見当もつかないことだろう。

　庶民の暮らしがいっこうによくならないはずだ。日本を牛耳《ぎゅうじ》っているのは、こういったお屋敷族なのだから。

「ねぇ、ここって美術館かなにかかな」

　ひと際高い真っ白な塀の前で、「さなたん」が立ち止まる。巨大な直方体のポリゴンのようなその建造物は、言われてみれば現代アートの展示でも行っていそうな佇《たたず》まいだ。

「たぶん、違う。ほらここに表札が」

「あ、ホントだ」

　石清水は壁面に取りつけられた、スタイリッシュなプレートを指す。その隣にインターフォンが並んでいる。

「ね、ピンポン押してみてよ」

「えっ！」

「さなたん」が、突拍子《とっぴょうし》もないことを囁《ささや》いてきた。

「だってずるいじゃん、こんなとこ住んじゃってさ。ピンポンしたら、ダッシュで逃げよう」

「いや、でも――。きっと、監視カメラがついてるし」

「一回くらいじゃ、通報とかされないって」

　右手に「さなたん」の手が添えられた。少し冷たくて、柔らかい。どきりと心臓が跳ねた。

無抵抗に、指先がインターフォンへと導かれる。「さなたん」の低い声が、甘く耳朶《じだ》をくすぐった。

「ほらオジサン、勇気出して」

石清水は息を飲み、周りを見回す。見れば見るほど、富を溜め込んで肥え太った家並みばかりだ。誰が住んでいるのか知らないが、庶民の痛みも知らずにのうのうと暮らしている。

どうせごまめの歯ぎしりなのだから、ピンポンダッシュくらい笑って許してくれそうなもの。だってこいつらは、恵まれているのだから。

人通りは、依然としてない。このボタンを押して走れば、少しは胸がすくだろうか。「さなたん」は、面白がってくれるだろうか。

立てた人差し指が震えている。臆病なライオンは、自分より弱い生き物を噛んでしまうのだったか。ならば強者に立ち向かえるのが、勇気のあるライオンだ。

石清水は両目をつぶる。それから右手の人差し指を、拳の中に握り込んだ。

「違う。こんなのは、勇気じゃない」

頭にはなぜか、姉の顔が浮かんでいた。どれだけ格差をつけられても、彼女は石清水を逆恨《さかうら》みしてきつく当たったりはしなかった。そんなことをしても、意味がないことをよく知っていた。それが、自分を貶《おとし》める行為であるということも。

おそるおそる「さなたん」の顔色を窺う。「さなたん」は、にっこり笑って石清水の手をあっさりと解放した。

　笑顔のまま、三歩、四歩と後ろに下がる。手にはミルクティーの空き缶。六歩目で立ち止まると、右腕を大きく振りかぶった。

「あっ！」

　止める暇もなかった。石清水は塀の向こうへ放り投げられた缶を追って、顔を上げる。どこに飛んだのか、目で追いきれなかった。

「さなたん」が、石清水を置いて走りだす。石清水は呆気に取られて動けない。

「へへへ、うっそー！」

　三十メートル先で、「さなたん」が振り返った。投げたはずの缶を目の高さに上げて振っている。

　ほっとして腹の肉が緩んだ。「さなたん」は、そのまま両腕を大きく振る。

「じゃーねー、オジサン。あいつらに見つかんないようにね！」

　よく通る声でそう言うと、ぱっと身を翻して駆けてゆく。

　石清水はもう、追いかけなかった。目を細め、名前も知らない女の子の遠ざかってゆく背中を見送る。その足取りは軽やかで、どこまでも走って行けそうだ。彼女ならきっと、虹の彼方にだって。

　愛おしい背中がすっかり見えなくなってから、石清水はポケットからスマホを引っ張り出した。ＳＮＳを開くと、「なっつ」から怒《ど》濤《とう》のメッセージが入っている。どうせ罵詈雑言の嵐だろうから、目を通さずにアカウントごと削除した。

石清水を取り巻く環境は、なに一つ変わっていない。むしろキャッシュカードを紛失したぶん、悪化したくらいだ。それでも雨上がりの空は澄んでいて、彼を愉快な気持ちにさせてくれた。

今なら自分も、どこまででも走って行けるだろうか。

だがすぐに、いいや歩きだと思い直す。

ＩＣカードの残高によっては、定期券がある新宿まで。

第五話　翠《すい》雨《う》

一

朝はどうしても、五時には起きてしまう。

しかもずいぶん前から意識はあって、騙し騙し横にはなっていたものの、これ以上はどうしても寝ていられないとなるのが五時である。

しかたなく起きだして顔を洗い、ささやかな庭の水やりをして、朝刊を隅から隅まで読み込んでも、まだ七時。そのころにようやく、別の部屋で寝ている妻の弘美《ひろみ》が起きてくる。

睡眠時間を削って働いていたころには憧れだった朝寝だが、いくらでもそれができる環境になってみると体が受けつけない。夜寝るのがつい遅くなり十二時を過ぎてしまっても、五時以降は寝ていられないからたちが悪い。

さて今日は、なにをしようか。頭の中のスケジュール帳を開いてみても、真っ白だ。作業工程や打ち合わせで、プライベートの隙間が入る暇もないほどびっしりだった現役時代が、嘘のようだ。

小笠原耕平《おがさわらこうへい》はむっつりとした顔で、弘美がこしらえた朝食の味噌汁を啜《すす》る。若布《わかめ》が大きすぎるから切ってくれと頼むと、放り込んで終わりの乾燥若布なんかいちいち切らないわよと返されて、それ以来「今日も大きい」と不満を溜めつつ飲んでいる。

「ああ、私この人嫌い。なんか偉そうでさぁ」

冷蔵庫から漬物の入ったタッパーを持ってきて座ると、弘美は断りもなくテレビのチャンネルを変えた。朝の情報番組の、コメンテーターが気に入らないという。話の中身を精査されず、態度が「なんか偉そう」というだけで嫌われる。コメンテーターも楽ではない。

「そういえば今月末にまた『やすらぎ苑』に行くんだけど、あなたどうする？」

弘美は六十を過ぎても虫歯一つないほど歯が丈夫だ。沢庵《たくわん》を噛む音が小気味よい。

「そうか」

チャンネルが変わった先は、女性アナウンサーがメインの情報番組だ。弘美曰《いわ》く、女性のほうが「威圧感がなくていい」そうだ。

「行くかどうか聞いてるんだけど」

この女性アナウンサーは、小笠原も嫌いではない。昔から、ショートカットの美人には弱い。

「行かないのね」

弘美がこれ見よがしにため息をついた。むしろなぜ、一緒に行くと思ったのだろう。

月に二度ほど、弘美は特別養護老人ホームで傾聴《けいちょう》ボランティアをしている。二人の子供たちが自立し家を出てから暇を持て余したのか、急に民間資格を取って活動をしはじめた。

定年を迎えた小笠原にも、それを一緒にやらないかと言うのである。「人から必要とされるのは大事なことよ」と。

あまりにもしつこく勧めるものだから一度だけ同行したが、年寄りの愚痴を延々と聞き続けるだけの、生産性のない時間だった。何度も「婆さん、それはあんたの我儘《わがまま》だ」と言ってやりたくなった。そのたびに、気配を察した弘美に止められた。

とにかく、ただ聴くだけ。腰が痛いと訴えていても、揉《も》んでやることもできない。息子が会いに来なくて寂しいと泣いていても、呼んでやれるわけでもない。現状を変える力もないボランティアに、なんの意味があるのだろう。

認知症が進んだ老人だと、もはや話が支離滅裂《しりめつれつ》だ。現実と妄想が入り交じり辻褄《つじつま》も合わず、横で聞いていているだけでも頭がおかしくなりそうだった。

小笠原もすでに、六十五。十年か二十年後には自分もこうなってしまうかもしれないと、空恐《そらおそ》ろしくすらある。微《かす》かなアンモニア臭と消毒液、そして老人たちの饐《す》えたようなにおいに満ちたホームは、人生の吹き溜まりのようである。自分が世話になるそのときまでは、できるかぎり近寄りたくはなかった。

豆腐と若布の味噌汁に、昨日の残り物の白米、納豆、塩鮭、海苔《のり》の佃煮《つくだに》に漬物。かつては食べる暇もなかった朝食を、必要以上にゆっくりと嚙み締める。早飯早グソが身上《しんじょう》だと、笑っていたのはどこのどいつだ。一日の時間がまるで穿《は》き古したパンツのゴムのように緩く、小笠原を苦しめる。

「もういいんですか。片づけますよ」

飯を嚙む回数を意識して増やしても、そんなに時間稼ぎはできない。弘美が茶碗や皿を重ね、台所へと運んでゆく。季節柄ダイニングキッチンと六畳の居間の間の襖《ふすま》は開けてあり、流しに立つ妻の背中を小笠原はぼんやりと目で追った。

弘美は小笠原と結婚して以来、三十六年間ずっと専業主婦だ。たまのボランティア以外は一日中家にいて、よくぞ厭《あ》きないものだと半ば呆《あき》れる。太古から狩猟に出ていた男とその帰りを待っていた女では、後者のほうが退屈に強いのだろうか。

ふと見上げた窓の外を、名も知らぬ鳥が横切ってゆく。都内にハトやカラス以外の鳥がいたのかと、純粋に驚いた。五月の空は、嫌になるくらい青く晴れわたっている。

手早く洗い物を済ませてから弘美が淹《い》れてくれたお茶を、小笠原は無言で啜る。

さぁ今日も、なにをすればいいのだろうか。

散歩に出てくると告げると、掃除機をかけていた弘美は手元のスイッチをいったん切り、「はい？」と聞き返してきた。

一度で聞き取ってくれないものかと、こめかみのあたりがチリリと焦げる。小笠原は上がり框《がまち》に座り靴を履《は》きながら、「散歩」と背中で答えた。

スティック型の掃除機を携えて、弘美が居間から顔を出す。

「あんまり、変なことはしないでね」

今度こそこめかみに、カッと火がついた。わざわざ出てきて、言うことがそれか。

小笠原は無言で立ち上がり、陽射しの強い屋外に出ると、力任せにドアを叩きつけた。

鼻息も荒く、門を出る。昨年の台風以来門扉《もんぴ》の支柱が歪《ゆが》んでおり、開け閉めするたびキイキイと鳴る。やっとローンを返済し終えたと思ったら、家にはもうガタがきている。小笠原はもうずっと、それに気づかぬふりをしていた。

神泉《しんせん》という町は、ラブホテルが数多く建つ円山町《まるやまちょう》に隣接しているとは思えないほど、平和的な住宅地である。高低差で区切られているせいか、ひどい酔っ払いや大騒ぎの若者たちはこのエリアにまでやってこない。地理的なバリアに守られている。

そのバリア――井《い》の頭《かしら》線の鼻の穴にも見えるトンネル脇の階段を上り、小笠原は円山町に踏み込んで行った。相変わらず、細かく入り組んだ雑多な町並みだ。いつも歩道にはみ出しているラブホテルの看板が、今日も半分せり出している。

敷地内に何度も蹴り込んでおいたのに、懲《こ》りない奴らだ。小笠原は意を決し、一人でラブホテルのエントランスに踏み込んでゆく。

入ってすぐの壁に部屋を選択するためのパネルが並んでおり、その横の小窓が受付らしい。小窓は金銭や鍵の受け渡し用に下部が開いているだけ。そのアクリル板の向こうに、瞼《まぶた》の重そうな中年女性が座っている。

「おい、ちょっとアンタ！」

呼び掛けると、女は怪訝《けげん》そうに視線を上げた。顔と首の色がまるで違うほどの厚塗りだ。

「看板が、歩道に出ている。歩行者が足を引っかけたらどうする気だ。いい加減にしろ！」

「はぁ」

反応が、はかばかしくない。本当に聞いているのかとむかっ腹が立つ。

「『はぁ』じゃない。すぐに畳むか、場所を変えろ！」

「じゃあいつもみたいに、蹴り込んどいてくれません？　アタシも雇われなんで、勝手なことはしたくないのでね」

　オーナーはまた別にいるのだろう。とんだ日和見《ひよりみ》主義だ。小笠原はわざと大きく舌打ちをし、踵《きびす》を返す。従業員までが責任逃れ。「すみません」のひと言も言えない。この国の人間は、いつからモラルを失ってしまったのだろう。

　いったん表に出た小笠原は、力任せに看板を持ち上げ、ホテルのエントランスに運び込む。なにが『モーニングサービス無料！』だ。そんなものは外に出て食え。

「法律が守れないなら、看板など出すな！」

　大声で怒鳴りつけ、今度こそラブホテルを後にする。何度言っても、聞かない奴は聞かない。だが、諦めるわけにはいかない。

　はじまりは、散歩中にうっかりはみ出た看板に足を引っかけ、転びそうになったことだった。小笠原はまだ六十五だからバランスを崩しつつもどうにか耐えたが、これが八十代や九十代なら転倒して、それを機に寝たきりになりかねない。視覚障碍者や妊婦だって危ないではないか。

　そんな危惧《きぐ》から、意を決して店に注意をした。だが唇の下からピアスの突き出た店番の男は、「このへん、五体満足な若いのしか歩いてないから大丈夫すよ」と言ってのけたのだ。いかがわしいマッサージ機ばかりを並べた、ひどい店だった。

　独身時代から数えれば、渋谷周辺にはもう四十年近く住んでいる。だが近年のこの街の、でたらめさにはついてゆけない。サッカーやハロウィンのたびに若者が押し寄せてきて騒動になるのは、この街なら無茶をしてもいいと思われているからだ。日頃の小さなモラル違反が街全体のだらしなさに繋がり、無法者を呼び寄せているのである。

カッときた小笠原は、その店に日参した。雨の日も休まず、「看板を仕舞え」と訴え続けた。何度か警察を呼ばれもしたが、「本来ならあんたたちの仕事だろう」と言うと黙った。「ほどほどに」とか「仲良くやっていきましょうよ」などと適当に取りなして、奴らは帰って行った。

ひと月通ってようやく店は、看板を敷地内に引っ込めた。はじめから、そうしていればよかったのだ。

それ以来小笠原は、街の秩序を守ることを己《おのれ》の責務としている。本来注意を促《うなが》すべき警察があの体たらくでは、他の誰かが頑張るしかないだろう。

幸いにも時間なら、充分すぎるほど余っている。

二

スタッフの自転車が路駐になっている美容室、ゴミ箱が道路に出ている準備中の居酒屋、流行《はや》りの飲み物を飲み歩きそのカップを植え込みに捨てた女子高生、スクランブル交差点で後ろ歩きしながら動画撮影をしている男、駅前で許可もなくギターを掻き鳴らしていた若い女。

モラル違反者がセンサーに引っかかるたび、小笠原は相手を呼び止め、あるいは店の中に入り、注意を促す。たいていの者は、素直に聞き入れようとしない。自分が悪いくせに「ウザ」とか「キモ」とか、「ああ、すみません」と謝る奴だって口先だけだ。はじめのころはやんわりと諭《さと》すようにしていたが、それでは抑止力にならない。

「おい女！　こんな人混みで日傘を差すな。危ないだろう。ちょっとは頭を使え！」

そんなに紫外線が気になるなら露出を減らせばいいのに、肩や脚を丸出しにした二人連れを、すれ違いざまに怒鳴りつける。女たちはちらっと小笠原を見ただけで、なにも言わずに手を取り合って逃げてゆく。

「日傘を畳め、日傘を。馬鹿モンが！」

無駄と知りつつ、小笠原は遠ざかってゆく背中に向かって喚《わめ》き続けた。

「うわヤバ、なにあれ」

「知らない？　『世直しオジサン』だよ」

「あれって、ちょっとボケてきちゃってんじゃないの。大丈夫？」

「家族も止めろよ。いねぇのかよ」

雑音は嫌でも耳に入ってくるが、気にしない。誰かが悪者になるくらいの覚悟でなければ、秩序というのは保たれないのだ。

非難されても小笠原は、堂々と胸を張って歩く。昼が近くなってきたので途中のコンビニでサンドイッチを買い、セルリアンタワーの真裏にある公園に落ち着いた。

公園といっても遊具一つなく、地面がコンクリートブロックで覆われた殺風景な場所だ。気候がよくなってからは、天気の許すかぎりここのベンチで昼食を取ることにしている。

「またいた」と、小笠原は口の中で呟《つぶや》いた。

一番奥のベンチには、小笠原と同じか少し上くらいの男がいる。乗ってきたらしい自転車を手前に停めて、いつも文庫本を開いている。

暇なことだ。

小笠原も、公園に日参しているのだから人のことは言えない。あの男も、余生を持て余しているクチだろう。無骨《ぶこつ》な老眼鏡を掛けて、文字を追うことで膨大《ぼうだい》な残り時間を潰している。

同類だからといって、決して声を掛けたりはしない。小笠原のほうが、圧倒的に世のため人のためになっている。もうちょっと人に関わることをしたほうがいいんじゃないかと、相手のことを下に見ていた。

他にいるのは営業職らしきくたびれたサラリーマンと、ハトだけだ。あのサラリーマンから見れば小笠原も読書男も、悠々自適《ゆうゆうじてき》で羨《うらや》ましいと感じられることだろう。現役時代の小笠原も、そうだった。


紙パックの牛乳にストローを挿《さ》し、ひと口啜る。渋谷駅前は再開発の真っ只中で、どこもかしこもクレーン車が長い首を伸ばしている。桜丘《さくらがおか》地区も例外ではなく、あちこちで建物が壊され、地面が掘り起こされている。

この界隈《かいわい》は開発エリアではないものの、小笠原の視線の先にはちょうど取り壊されている最中のマンションがあった。それは四十年前に、下っ端現場監督として小笠原がはじめて関わった建物だった。

まさに、地獄のような日々だった。誰よりも早く現場に行き、ろくに仕事を教えない先輩監督に追い回され、職人には怒鳴られて、肉体労働までさせられた。昼食もゆっくり食べられず、帰宅はほぼ午前様。土日も出勤して気づけば二十連勤ということもあった。

勤務時間の長さはベテランになってからもあまり変わりはなかったが、とにかく先輩監督がいけなかった。偉そうなだけならまだしも知ったかぶりがひどく、それによるミスはすべて小笠原のせいになった。

肉体的にも精神的にもキツい、こんな仕事はさっさと辞めてやると何度も思った。それなのにマンションができ上がったときの達成感は、叫びだしたくなるほどの気持ちよさだった。

それ以来、マンション建設にはもはや数えきれぬほど携《たずさ》わってきた。納期が無茶すぎる現場もあったし、職人にボイコットされた現場もあった。休みがなく、二人の子供の学校行事にも参加できたためしがない。それでもギリギリのところで踏ん張ってこられたのは、このマンションの存在が大きかった。

どんなに苦しかろうが自分の携わった仕事は、十年二十年三十年と、形になって残るものだ。はじめての現場が終わった夜の、一人で泣きながら飲んだビールの旨さも、舌の上にずっと残っていた。辛いときは仕事終わりに、あえて遠回りをしてこのマンションの前を通って帰った。

そんなマンションが今、取り壊されている。正確には、建て替えであるらしい。

マンションの建て替えは住人に高額な負担金がかかってくるので、必要な数の賛成を得られず、保留となるケースが多い。だがここは絶賛開発中の桜丘。物件の戸数《こすう》を増やせば、分譲費用で建て替え費用をまかなえる。築四十年のこのタイミングで建て替えてしまうのがベストと判断されたのだろう。

ずっと残り続けると思っていた仕事が、目の前で解体されてゆく。設備の老朽《ろうきゅう》化《か》や耐震問題が取り沙汰されて、すっかり無用のものとなってしまった。

いつの間に、こんなに古びてしまったのか。狭い公園の、ささやかな新緑でさえ目に染みる。視線を転じて足元を見ると、サンドイッチのパンのおこぼれを期待したハトたちが、首を傾《かし》げて小笠原を見上げていた。

三

ぼんやりと眺めていても、マンションは白い防音パネルに覆われており、中の進捗《しんちょく》のほどは知れない。それなのに毎日通ってくるなんて、未練がましいことである。

弘美には「案外おセンチなのね」とからかわれそうだから、これについては喋っていない。講座を受けて習得したはずの「傾聴」の技術を、夫には使ってくれないのだ。出がけといい、いつもよけいなひと言が多い。

膝の上に落ちたパンの粉を払い、立ち上がる。ハトたちが待ってましたとばかりに地面をつつきだし、応援要請を受けたかのように別の場所からも飛んでくる。ハトたちの饗宴《きょうえん》を尻目に小笠原は、コンビニ袋にゴミをまとめて持ち、歩きだす。

ごちゃごちゃとした道玄坂《どうげんざか》や円山町と違い、この界隈は落ち着いたものだ。以前は国旗を道路側に傾けて出していたネパール料理店の、ディスプレイ方法が改善されている。通行人の邪魔にならぬよう、壁にぺたりと貼りつけられていた。

外国人は日本でのルールをよく知らないだけで、注意をすれば改める。問題なのは、ルール違反と知りつつ「この程度なら」と自分を許してしまう日本人だった。

この通りは大丈夫そうだと頷いて、小笠原は別の道をゆく。めったに歩かない通りだが、路面店が少ないぶん、街並みは整然としている。

これではパトロールにならないから、やはり道玄坂に戻るべきか。そう思い、進路を変えようとしたときだった。二十メートルほど向こうに、歩道に前半分がはみ出している三角看板を見つけた。

とたんにカッと頭が熱くなる。いったいどこの飲食店か、美容院か、マッサージ店か、雑貨屋か。口の中でぶつぶつと呟きながら、足を速める。

そして小笠原は、看板の傍《かたわ》らに立ち止まった。目の前のビルは、一階が全面ガラス張りになっている。その大きく取られた窓の向こうに、すらりとした女が立っていた。

怒りも忘れて思わず見入ってしまったのは、女の上半身がスポーツブラ一枚だったからだ。下半身も太腿の半ばまでのピタッとしたスパッツ姿で、キュッと上を向いた尻の形があからさまだった。

窓越しに見る小笠原には少しも気づかず、女は目の前の壁を睨《にら》んでいる。壁には色とりどり、形も様々なブロックが埋め込まれていた。
なんだっけ、この競技は。オリンピック種目にもなったはずなのに、名前がするりと出てこない。「そうだ」と三角看板に取りついてみると、『ボルダリングジム　ｒｏｃｋｓ』とあった。そう、ボルダリングだ。あのブロックに掴まって、壁を登ってゆく。その程度の知識しかなかった。

女はいっこうに登りださず、しつこく壁を眺めている。それからおもむろに、一つのブロックを両手で掴んだ。それが合図だった。

まるでクモザルのようにスルスルと、女が壁を登ってゆく。あっという間のことである。

だがその先は難解だ。壁がほとんど床と水平に近いくらいに反《そ》り返り、登ろうとする者を拒《こば》んでいる。

それでも女は果敢に攻めた。できるだけ膝を胸に近づけ、食らいつく。壁は少しずつ角度を変えて、張りついているのも大変そうだ。

そんな中、女は両手両足を別々のブロックに置いたまま、ゆらゆらと体を揺すりだした。肩の筋肉が美しく盛り上がっている。充分に反動をつけ、そして飛んだ。

「あっ！」

思わず声が洩れた。

伸ばされた右手が、緑色のブロックをしっかりと掴む。肩が外れたりはしないのだろうか。女は片手のみでぶら下がった。

そのブロックに左手も添えてから、女は敷き詰められたマットレスの上に着地した。落ちたのではなく、降りたのだ。

小笠原は、女の動作の一つ一つに釘づけになっていた。着地と同時に自分もふうと息を吐き出す。手のひらに汗をかいていた。

腕を背中に回し軽いストレッチをしながら、女がこちらを見る。目が合って、小笠原は身構えた。なにを見ているんだと、怒られるのではないかと思った。

だが女は涼しげな目を細め、にっこりと笑う。出入り口に回り、露出度が高い姿のまま屋外に出てきた。

「こんにちは。よろしかったら、中で見学して行きませんか？」

「えっ！」

ショートカットの、首がすんなりと伸びた女だ。腹もふくらはぎも引き締まり、肌が出ていてもあまり嫌らしさは感じない。均整の取れた体である。

「突然すみません。私、インストラクターのサエコといいます。体験もしていただけますよ」

このジムの、スタッフだったか。どうりで、覗《のぞ》き見をしたくらいでは怒らないはずだ。

小笠原は首を横に振る。

「いや、まさか。若者の競技でしょうに」

なにせ名前も思い出せなかったくらいだ。「ボルダリング」という音の響きも、いかにも若者向けに思える。

「そんなことはありませんよ。うちには八十代の方もいらっしゃいます」

「はっ。飛ぶんですか、八十が？」

吃驚《びっくり》して声が上擦《うわず》った。あんな離れ業《わざ》、年寄りなら腕が折れてしまうんじゃなかろうか。だいたいただの壁でさえ、摑まっているのは困難だ。

「必ずしも飛ばなくても、初級から上級までコースがあるので大丈夫ですよ」

サエコと名乗った女はそう言ってくすくすと笑う。目尻に寄る皺《しわ》からして、そこまで若くもなさそうだ。三十後半から、四十半ばといったところか。化粧はほとんどしていない。

「体幹《たいかん》が鍛えられますから、いい運動になります」

「いや、だがその――」

小笠原はサエコの笑顔にすっかり舞い上がっていた。妻ですら、ろくに笑いかけてもくれないのに。飾り気のないサエコが、眩《まぶ》しくってしょうがない。

「違う。俺は、看板を！」

どうにか翻弄《ほんろう》されるまいと踏み留まる。小笠原は三角看板を持ち上げ、その脚を敷地内に入れた。

「看板？」

「歩道にはみ出していた。気をつけて、ください」

「ああ、本当ですか。すみません」

語尾にいつもの勢いがない。サエコのせいで、調子が狂う。

「じゃあ、そういうことで！」

強引に話を打ち切り、帰ることにする。魅力的な女性に話しかけられただけで狼狽《ろうばい》している自分が、ひどく恥ずかしかった。

「また気が向いたらいらしてくださいね」

おそらく背後でサエコが手を振っている。小笠原は振り返らずに、そのまま足を速めた。

帰り道はもう、歩道にはみ出た看板も、路駐自転車も、ゴミのポイ捨てをする若者にも目をくれず、ひたすら早足で歩いた。周りが見えていない証拠に、赤信号を何度か無視しかけてしまった。

知らなかった。自分がこんなにも、人からの笑顔や優しさに餓《う》えていたなんて。どう返せばいいのか分からないほど、狼狽してしまうなんて。

定年退職してからもずっと、人とは関わってきたはずなのだ。地域社会のために、自分にできることをやってきた。あれは、他者との交流ではなかったのだろうか。

道玄坂に出て、裏渋谷通りから神泉に抜けることにする。だが運の悪いことに右手のコンビニから、男子高校生らしき三人組がホットスナックを食べながら出てきてしまった。

「おっ、『世直しオジサン』じゃん」

そのうちの一人、眼鏡姿なのに少しも真面目に見えない少年が、小笠原を指差した。

「あ、ホントだ」

「あれ、オジサン。そこのとんかつ屋、看板めっちゃ歩道に出てますよぉ」

キャップを被った少年も、カーゴパンツの少年も、小笠原を見咎《みとが》めてなぜか後からついてくる。

「ねぇねぇ、なんでなんで？　ほら、そこも看板」

「どういうこと。マージンもらってる店は見逃すとか？」

「うっそ、腐ってんじゃん」

唐揚げのにおいをさせながら、少年たちがぎゃははと笑う。品のない奴らだ。一人じゃなにもできないくせに、友達がいるから気が大きくなっている。

「ねぇねぇ、見せてよ、世直しするところ」

「オジサン、このへん住んでんの？」

「ボケちゃってるって本当？」

鬱陶《うっとう》しい。この調子でついてこられては、とても自宅に帰れない。

「ねぇねぇ」と肩に伸ばされた手を、「うるさい！」と撥《は》ねのける。思いのほか強く、カーゴパンツの手の甲を叩いてしまった。

「痛《い》って。なにすんだよジジイ！」

ドン。背中を力任せに突き飛ばされ、気がつけば小笠原は前のめりになって宙に浮いていた。

摑まるものは、なにもない。まずいと思ったときにはもう、アスファルトの地面に顔からスライディングしていた。

「ちょっ、ダメだってジジイに手ぇ出しちゃ」

「そんなに強く押してねぇよ！」

「どうどう、鎮《しず》まれ鎮まれ」

体のそこら中が痛い。痛くてすぐには立ち上がれない。

まさかちょっと押されただけで、前のめりになってこけるとは思わなかった。カーゴパンツにしてみれば、たいして力は入れていないのかもしれない。だが小笠原には、強かった。いつの間にこんなにも、足腰が弱くなってしまったのだろう。

左の頬が、ヒリヒリ痛む。皮が剝《む》けて、血が出ているかもしれない。

「ごめんね、ジイさん。大丈夫？」

眼鏡の少年が手を差し出してくる。惨《みじ》めだった。小笠原は、その手を無視した。

「いや、いい性格してるわ、このジイさん」

「もういいじゃん、放っとこうぜ」

「あ、俺ゲーセン行きたい」

「お前さ、メダル持ちすぎじゃない？」

少年たちの対応はドライだ。助けを拒んだ小笠原のことなど早くも頭から追い出して、ゲームの話をしはじめる。小笠原は地面に這いつくばったまま、彼らの声が遠ざかるのを待った。

「あの、大丈夫ですか」

様子を見ていた通行人が駆け寄ってきたのは、少年たちの姿が見えなくなってからのこと。ひょろりとした、いかにも気の弱そうな青年だ。

「ひどいですね、あいつら。警察に行きましょう」

素直に助け起こされながらも、小笠原はうんざりした気持ちを隠せない。少年たちがいなくなるまで見て見ぬふりだったくせに、急に正義を振りかざす。

「そんな大事にしなくていい」

被害者本人がいいと言っているのに、青年は「そういうわけにはいきません」と食い下がる。半身だけ起こして地面に尻をついた状態で、小笠原はやれやれと息をついた。

四

警察行きを断ると、「頭を打ったかもしれないから」と青年は病院を勧めてきたが、それも断り自宅まで送り届けてもらった。

本当は借りなど作りたくはなかったが、左の足首を捻《ひね》っていた。一人ではとうてい歩けそうになかった。

妻には転んだとしか言うつもりがなかったのに、青年はご丁寧にも、どういう状況で転んだのかを説明してから帰って行った。恩義は感じつつも、どうも手放しにありがたがれない男だった。

「腫《は》れてるけれど、骨に異常はなさそうね」

弘美は救急箱を取ってきて、傷を消毒したり、湿布を貼ったりしてくれた。そのどんよりとした暗い顔に、こちらまで気分が塞《ふさ》いでゆく。

「なにか、言いたいことがあるなら言えよ」

この女はいつもそうだ。文句があるならストレートに言えばいいものを、いつも匂わすだけで、察してほしがる。そんな芸当はできないと何度諭しても、三十六年間変わらなかった。

そんな弘美が、意を決したように顔を上げる。

「いっそのこと、骨の一本や二本でも折ってしまえばよかったのに」

「お前――」

あまりの言われように、絶句した。

弘美は冗談では済まされない、真剣な表情をしていた。

「そうすれば、当分出歩けないでしょう。心配が減ってちょうどいいわ」

「なんでそんなことを言うんだ」

「だって、そうでしょう。この怪我だって自業自得《じごうじとく》だわ」

「さっきの青年も言っていたが、この怪我に関して俺は被害者――」

「あなたが毎日出かけてなにをしているか、私が知らないとでも思ってるの？」

弘美の目が、じわりと涙に潤《うる》む。それでもまっすぐに、小笠原を見つめてくる。

「べつに知りたくもないけれど、『ご主人大丈夫？　噂になってるわよ』って、ご近所さんが教えてくれるわ。こんなふうに、いつか怪我をして帰ってくるんじゃないかと思ってた。どうして自分から、トラブルの火種になりにいくの？」

「あれは、世のため人のため――」

「違うでしょう。あんなものはただの言いがかり。あなたはただ、正論を振りかざしていい気になっているだけでしょう」

「なんだと！」

パン、と弘美の頬で音が弾けた。その瞬間、「しまった！」と思った。

右の手のひらがヒリヒリする。弘美は左頬をこちらに向けたまま、じっとうつむいている。

それほど強い力ではなかったはず。だが三十六年間の結婚生活ではじめて、妻をぶってしまった。

悪い、すまない、大丈夫か？　詫《わ》びの言葉が喉元で渋滞して、一つも出てこない。小笠原がまごまごしているうちに弘美は肩を大きく上下させ、またこちらに向き直った。

ぶたれた衝撃で、涙が頬に零《こぼ》れている。それを拭《ぬぐ》いもせず、弘美はじっと夫を見る。

「私は、どうすればいいの。ボランティアに誘ってもぴんとこず、なにか趣味でも見つかればと黙っていたら、人様に難癖《なんくせ》つけることを生き甲斐にしだす。あなたもしかして、職場でもそうだったわけ。頭ごなしに部下を怒鳴りつけて、それで最近の若い奴は続かんなんて言ってたの？」

胸の内に畳み込んでいた言葉を、弘美は次々と広げてみせる。これは開けていい箱だったのだろうか。脇の下にじわりと汗が滲《にじ》む。

「あの業界は、そういうものだ。俺だって若手のころは、怒鳴られて叩かれて――」

「時代が違うわ」

言い訳をぴしゃりと撥ねつけられて、小笠原は口をつぐんだ。

弘美は静かに怒っているのだ。

無言のまま、小笠原の足首に包帯を巻く。あまりうまくはないが、口出しできる雰囲気ではない。すぐにほどけそうな端をテープで留めて、弘美は声を励ました。

「ねぇ、あなた。一緒にカウンセリングに行ってみない？」

まるでいい思いつきでしょと言わんばかりの口調だった。「ピクニックに行かない？」と誘うような明るさだ。

小笠原は、勘弁してくれと首を振った。

「また友理《ゆり》か」

友理は千葉で小学校教諭をしている長女だ。心のバランスが乱れると、とにかくすぐカウンセリングにかかりたがる。教員一年目と、結婚して子供を産んだ直後が一番ひどかった。初任給と自治体から受け取った出産育児一時金の大部分を、カウンセラーに注ぎ込んだのではないかと思われる。

だから小笠原の、カウンセリングに対するイメージは悪い。そもそも自分はそんなものを必要とする弱い人間ではない。

「違うわ。子供たちにはまだなにも言ってない。心配かけたくないもの」

「それは、聞き捨てならないな」

つまり小笠原にはカウンセリングが必要だと、弘美自身が考えているということだ。間違ったことはしていないのに、心の病気のような扱いを受けることは、我慢がならない。

「これを聞き入れてもらえないなら、私にも覚悟があるわ」

覚悟と口にしたとたん、弘美から不穏な気配が立ち昇る。

「まさか」と尋ねる声がかすれた。

この先いくつまで生きるか知らないが、平均寿命を考えれば女の人生はまだ長い。すでに燃え殻となってくすぶっている小笠原と過ごすより、有意義な時間の使いかたはいくらでもある。

弘美は決定的な言葉を口にはしなかった。でも分かる。一人になって困るのは、小笠原のほうだからだ。

鼻から大きく息を吐き、目をつぶる。珍しくいろんなことがあったせいで、妙に疲れた。角膜《かくまく》に棘《とげ》ができたみたいに、ゴロゴロする。

目頭《めがしら》を揉みながら、小笠原は堂々と宣言した。

「疲れた。十五分寝る！」


弘美に枕と肌掛けを出してもらい、畳に直接横になる。

ひんやりとした畳が、熱を持った肌に心地よい。怪我のせいもあり、体が興奮しているのだ。

問題を先送りにして、体と神経をひとまず休める。十五分の仮眠は現役時代にもよく取った。

目覚めたときには、頭がすっきりしているものだ。

だが今日は、なかなか眠りが訪れなかった。目をつぶってじっとしていただけで、実際にうとうとしたのはほんの一、二分だったかもしれない。

短い夢の中で小笠原は、解体中のマンションの壁面に張りついていた。壁面は凹凸《おうとつ》に富んでいて、手足の先を引っかけ、どうにか横へ移動してゆく。足を滑らせれば、こちらに向かって突き出している鉄筋でたちまち串刺しだ。

それなのに壁はどんどん傾いてきて、反り返る。手の感覚は、すでにない。隣のビルに飛び移らねば、やがて力尽きて落ちるか、壁ごと崩落《ほうらく》するかのどちらかだろう。

小笠原は、ゆっくりと体を揺らしはじめる。失敗すればけっきょく落ちるが、わずかな可能性に賭けるしかない。

飛べ、飛べ、飛べ！

なるべくなら、下は見るな。

反動を利用して、ここだというところで足を蹴る。体をねじって、右手を伸ばす。

隣のビルの、窓の出っ張りまであと少し。

指がかかるかどうかのところで、ハッと息を吸って目が覚めた。

窓の外には茜雲《あかねぐも》。夢を見ながら力んでしまったのか、捻った左足首が熱を持って疼《うず》いていた。

五

運動靴を履いても、もう足が痛くない。

小笠原は玄関の上がり框《がまち》に座ったまま左足に何度か体重を掛けてみて、それからゆっくりと立ち上がる。足踏みをしても、もう痛みはなかった。

大事を取ってのこととはいえ、二週間近くもろくに出歩いていない。弘美が小笠原を、外に出したがらなかったせいもある。もう平気だと言っても「また転んだら大変」と、自宅の周りをぐるりとするだけの散歩にまでついてきた。

一人にすると、また誰彼構わず説教をしだすと思っているのだ。もっとも弘美に言わせれば、説教ではなく「難癖」らしいが。

ふう、と小笠原は重いため息を落とす。いつまでもこうやって監視されていては、体がなまってしまう。カウンセリングに行けと弘美は口うるさいが、そんなことになんの意味があるのだろう。

カウンセラーといってもしょせんは、心理学を齧《かじ》っただけの若造だろうに。人生経験に劣る者に、なにを言われても片腹痛い。

だいいち小笠原には、悩みなどない。せいぜい定年退職後の時間を持て余しているということくらい。カウンセリングにかかったところで、どうせ趣味を見つけろとか、ボランティアをしてみてはとか、弘美と同程度のアドバイスしかされなかろう。

そんな不確かなものに寄り掛かろうと思えるほど、小笠原の心は弱くない。金と時間の無駄である。

弘美の傾聴ボランティアもそうだが、皆なぜ家族でも友人でもない相手に心の内を見せようとするのか。カウンセラーという肩書きに騙されているだけではないか。信頼関係もできていない者に、分かったような顔をされたくはない。

そうだ、だから傾聴ボランティアも嫌だったのだ。知らない人間の話など、なにを聞いてもどうせ他人事。親身になってみせたところで、内心では「くだらない」と思っている。

人を前に進ませるには共感よりも、叱咤激励《しったげきれい》。小笠原自身もそうやって社会に育ててもらった。先輩現場監督に怒鳴られないよう、ベテランの職人に甘く見られないよう、必死になって知識と要領を身につけた。それが今や、軽く怒鳴っただけでパワハラだ。

甘やかされてきた若者は、ちょっと厳しくされただけで辞めてしまう。現場ではもうずっと、若手が育たないと言われてきた。そんな社会に未来はあるのか。必要なのは叱責《しっせき》だ。誰も叱ってやらないから、若い奴らはおつむまで弱くなる。

「よし、行くぞ」

己を鼓舞《こぶ》して、小笠原は玄関のドアを開ける。うるさくつきまとってくる弘美が、件《くだん》のボランティアに出かけたところだ。「留守の間、不用意に出歩かないでくださいね」と釘《くぎ》を刺されたが、知るものか。俺は、俺の行きたいところへ行く！

いざ外に出てみると、今にも降りだしそうに雲が低く垂れ込めていた。天気予報は、降ると言っていただろうか。

少しばかり怯《ひる》んだが、気を取り直して折り畳み傘を取りに戻る。弘美の監視の目がない、久しぶりの娑婆《しゃば》なのだ。雨ごときに負けてはいられない。

ご近所に見つかると弘美に告げ口をされそうだから、小笠原は帽子を目深《まぶか》に被る。なぜ持っているのか自分でもよく分からない、ダンロップのキャップである。たしか、昔つき合いでゴルフをはじめたときに買ったのだったか。その記憶も曖昧《あいまい》だ。

本当はまっすぐに、桜丘の公園に向かいたい。解体中のマンションがどうなったか、気にかかる。だが若者たちに絡まれた裏渋谷通りは、なんとなく足が避けた。

情けないが、トラウマになっている。彼らも常に、同じ場所にいるわけではなかろうに。頭では分かっていても、体が回避行動を取っている。

けっきょくまた、円山町のラブホテル街を抜けてゆくことにする。いつもながら、落書きの多い街だ。落書きの多さと治安の悪化は比例するという。やはり小さなマナーから、正してゆかねばならないのだ。

『モーニングサービス無料！』

何度も注意したはずの看板が、懲りずに出ている。歩道にはみ出すなというだけのことが、なぜ守れないのか。

こめかみの血管が瞬時に膨《ふく》れる。しかし小笠原は、以前のようにラブホテル内に踏み込むのを躊躇した。

受付に座っているのが女ならまだいい。だが男性スタッフを呼ばれでもしたら、そして腕力に訴えられでもすれば、敵《かな》わない。

なにせ特に強そうでもない、十代の少年に押されただけで倒れるのだ。体の衰えを感じずにはいられない。これまで強気を通せたのは、人の良識を無邪気に信じていたからだ。まさか暴力までは振るわれまいという、傲《おご》りがあった。

相手の良識の欠如《けつじょ》を責めておきながら、けっきょくはその良識に頼っていた。だが手を出せば自分が加害者になってしまうという葛藤《かっとう》を、平気で飛び越えてくる輩《やから》はいる。周りで見ている連中も、助けてくれるわけではない。

治ったはずの左足首が痛む気がして、どうしても一歩が踏み出せない。老いるとはこういうことか。暴力に怯《おび》えて、己の意志も貫けない。

「あ、『世直しオジサン』だ」

背後で若者の声がする。誰かに指を差されている。以前ならそれも勲章《くんしょう》だったのに、どきりと心臓が跳ねた。

振り返りもせずに、その場から離れようと足を速める。先日のように、若者たちは追ってこない。ひょっとしたら空耳なのかもしれない。しかし確かめる余裕もなく、小笠原は帽子の鍔《つば》を引き下ろす。

なぜ人目を避けて、逃げるような真似をしなければいけないのか。決して間違ったことはしていないはずなのに、放置されている自転車やゴミまで、見て見ぬふりをしてしまう。

情けない、ともう一度歯噛みする。若いころは先輩監督の拳骨《げんこつ》がしょっちゅう振り下ろされたものだし、火のついた煙草だって飛んできた。それでも逃げずに続けられたのは、いつか見返してやるという闘志を胸に秘めていたからだ。

闘志。そんなものが、今の自分にあるのだろうか。そもそもなにと戦いたいのか。

入り組んだ円山町を抜けても、心臓はまだどきどきと早鐘《はやがね》を打っていた。


小笠原は呆然《ぼうぜん》と、公園のど真ん中に立ち尽くしていた。

長年建設業界にいたのだから、マンション解体のスケジュールはだいたい把握《はあく》している。二週間近くも足を運ばずにいれば、どうなっているかは予想がついた。

しかし実際に防音パネルと足場が外され、その部分がぽっかりと空白になっているのを見てしまうと、体中から力が抜けてゆく。まるで支えを失ったかのように、首がぐらんと傾いた。

四十年間建物によって遮《さえぎ》られていた空が、少しばかり決まりが悪そうに覗いている。しばらくすれば、新しい建物に塞がれることだろう。だがそれは、小笠原の仕事ではない。

もう、終わった。小笠原などはただの歯車にすぎなかったが、それでも一歯車として社会を動かしてはいた。その事実に、ある程度の充実を感じてもいたのだ。

それなのに、すべて無に帰した。長年積み上げてきたはずのものが、積み木を崩すよりも簡単に、崩れて消えた。そんなものははじめから、なかったのだと錯覚するほどに。

　小笠原は尻ポケットからスマホを取り出し、震える手でマンションがあったはずの空間に向けた。立て続けに写真を三枚撮ったが、すべてブレた。

　こんなことなら、マンションが取り壊される前の写真も撮っておけばよかった。古びたマンションは、小笠原自身だった。水廻りを中心にガタがきており、現在の耐震基準にも達せず、デザインだって古臭い。時代が流れ、誰からも求められなくなってしまったが、最後まで己の役割をまっとうしたはずだ。その姿を、せめて覚えておいてやりたかった。

　ぽつぽつと、雨粒がスマホの画面に落ちてくる。顔を上げるとサアッと細いシャワーのように降りだして、新緑を忙《せわ》しなく揺らす。青い香りのする雨だった。

　気持ちいい。このまま雨に濡れて帰ろうかと、似合わぬ感傷が頭をもたげる。帽子を外し、熱を持った頭に雨粒を受ける。

　ぽんっ。背後で傘の開く音がした。誰かは分かっている。今日も奥のベンチで、同年輩の男が本を読んでいた。

　諦めて帰るのだろうと、振り返る。ところが男はベンチに座ったまま傘を差し、本を読み続けている。その異様な光景に小笠原は目を見張り、帰る場所がないのだなと同情した。

　小笠原だって、似たようなものだ。三十年以上掛けてローンを払い終えた自宅にいても、なんとなく落ち着かない。弘美だって、無聊《ぶりょう》を託《かこ》つ夫を持て余している。挙句《あげく》の果てには、「私にも覚悟がある」ときたもんだ。社会どころか妻にまで、捨てられそうになっている。

無駄に濡れることはないと思い直し、小笠原は手持ちの傘を開いた。骨が一本折れている。春先の強風で折れたのを、そのままにして忘れていた。

片側がべろんと垂れ下がった傘を手に、読書をする男に近づいてゆく。まさか自分から声を掛ける日がくるとは思わなかった。この男も、有り余る時間を持て余しているのだろう。

「あの、もしよかったら喫茶店にでも移動しませんか？」

「ふぁっ？」

よほど驚いたのか男は奇声を発し、顔を上げた。四角いフォルムの老眼鏡を掛け、頭は半白《はんぱく》。寝ていたところを起こされたかのように、ぱちくりと目を瞬《しばたた》く。小笠原の存在を認めると、怪《け》訝《げん》そうに眉を寄せた。

「ほら、雨ですから」

予想していた反応とは違った。男のほうでも以前から、小笠原を認識しているものと思っていた。それなのに言葉を足してみても、「誰だ？」と言わんばかりの顔をしている。

「屋根のあるところに、移ったほうが」

「いや、大丈夫。この章を読んだら帰る」

小笠原を追い払わんばかりに、男はひらひらと手を振った。読んでいるのはタイトルからして、戦国武将を主人公にした歴史小説だ。読書の習慣のない小笠原には、著者名の読みかたも分からなかった。

「今ちょうど、いいところなんでね」

男の目は、自分も戦いの最中《さなか》に身を置いているかのように輝いている。思いのほか、楽しそうだ。当てが外れ、小笠原は「はぁ」と気の抜けた返事をする。

そんなに面白い本なのだろうか。タイトルを頭にインプットしたものの、生憎《あいにく》活字に没入できない性分《しょうぶん》だ。この男のように、満喫《まんきつ》できる自信がない。

「読書が、お好きなんですね」

「ん、そうだな。現役時代は忙しくてろくに読めなかったから、リタイアしたら思う存分読むと決めていたんだ」

そう言いながら、男は次のページをめくる。その瞬間、彼の前から小笠原は消えた。断絶がはっきりと伝わるほど、物語世界に没入していた。

彼は今、血みどろの合戦《かっせん》のただ中にいるのだろう。火薬のにおいがし、煙が漂い、矢が飛び槍が突き出される、生死の狭間《はざま》に身を置いている。

羨ましい。この男には降りだした雨すらものともせず、熱中できるものがある。読書などただの暇つぶしでしかないと思っていた小笠原には、彼の熱意が分からない。

「失礼します」と挨拶《あいさつ》するのさえ邪魔になりそうで、小笠原は黙ってその場を離れることにした。男は小笠原が去ろうとしていることに、少しも気づいていないようだった。

六

ぽたぽたと、折れた傘の骨から伝う雨粒が左の肩を濡らしてゆく。キャップを目深に被り直し、小笠原は帰路につく。

公園になど、わざわざ行かなければよかった。マンションの取り壊しが終わっていることくらい分かっていたのに、どうしてこの目で確認しようと思ったのだろう。ほとんど自虐《じぎゃく》のような行いである。そこに有終《ゆうしゅう》の美でもあるのではと、期待するところがあったのか。

なかった、なにも。ただ虚《むな》しいだけだ。毎日のように通る道も、ある日更地《さらち》ができていたら、前の建物が思い出せなかったりする。そんなふうに、あのマンションは忘却の彼方へと追いやられていった。

人の営《いとな》みとは、そんなものだ。創造と破壊の繰り返し。この渋谷の街だって、未来を生きる者のために変貌《へんぼう》している。

もはや、居場所などないのだ。過去を見つめるしか能のない自分には。弘美が望むように外にも出ず、一人で詰将棋でも解いているのが似合いなのかもしれない。

運動靴に雨が染みてくる。なぜこれほど卑屈《ひくつ》になっているのか、自分でも分からない。暗い涸《か》れ井戸の底で、膝を抱いているような気分だ。グレーの運動靴の、爪先《つまさき》がどんどん濃くなってゆく。

薄暗い視界に、ふいにカラフルな配色が飛び込んできた。全面がガラス張りになったボルダリングジムだ。壁面を埋め尽くすビタミンカラーのブロックは、それ自体がアートのようである。視線を転じれば先日注意した看板の脚が、きちんと敷地内に収まっていた。たったそれだけのことで、寒々しかった心象風景にマッチほどの灯が点《とも》る。

そうか俺は、誰かに話を聞いてもらいたかったんだ。そうですね、あなたの言うとおりですねと、聞き入れてもらいたかったのだ。

無視するな、避けるな、馬鹿にするな。俺はまだ、ここにいる。

ずっと、そう叫び続けてきたのだ。自分の価値を、誰かに認めてもらいたかった。

ただ、それだけのことだった。

「お久しぶりです」

声を掛けられるまで、出入り口が開いたことに気づかなかった。ショートカットの女性がガラス戸を手で支えて立っている。インストラクターの、たしかサエコという名前だ。

今日もスポーツブラにぴったりとしたスパッツ姿。ウエストのくびれが美しく、目のやり場に困る。

「あ、ああ」

覚えていてくれたことが嬉しくて、ぶっきらぼうな対応になってしまう。サエコの笑顔は、やはり眩しい。

「お近くにお住まいなんですか?」

「まぁ、近いといえば近い」

曖昧な返答だと思いつつ、小笠原は鼻の下をこする。脇腹がこそばゆい。好みの女性の前ではまだ、格好をつけてしまうのか。

「雨宿り代わりに、寄って行きません？」

魅力的な提案だった。サエコの笑顔もカラフルなブロックも、視界を明るくしてくれる。それにジムにはもう一人、壁を登ろうとしているおかっぱ頭の女の姿があった。

その髪は真っ白で、小笠原よりも歳は上だろう。サエコのような露出度の高いウェアではなく、Ｔシャツにスウェットのズボンを穿いている。ブロックへと伸ばされた腕は、枯れ枝のように細い。

本当に、年輩の競技者もいるのだ。それを見て、にわかに自信がついた。あんな小柄な婆さんでもやっているなら、俺にできないはずがない。

急にやる気を見せるのも恥ずかしく、「見学くらいなら」と頷いた。

サエコの笑顔の眩《まばゆ》さが増す。目尻の皺の形までが好ましい。

「平日の昼間は空《す》いているので、ゆっくりして行ってください」

快く中に迎え入れられて、小笠原は雨の染みかけた運動靴を入り口で脱ぐ。靴下も濡れていたので、サエコの許可を取ってそれも脱いだ。水虫じゃなくてよかったと、心から思う。

ボルダリングをするには専用のシューズが必要らしく、入ってすぐの棚にはレンタル用のものが並んでいた。しかし今は見学だ。ぺたぺたと、リノリウムの床を裸足《はだし》で歩く。

ブロックが突き出た壁に沿って、緑色のマットレスが床に敷き詰められている。白髪の女はそのマットを軽く蹴り、手だけでなく足までブロックの上に乗せた。

そこからどうするのかと思ったら、まず右足を引き上げてから、斜め上のブロックに右手を伸ばす。まるではじめから、そのブロックを掴むと決めていたような動きだった。

「あのブロックを『ホールド』と呼びます。それぞれのホールドの下に色分けしたテープが貼ってあるの、分かりますか？」

他に客がいないから、サエコが隣について説明をしてくれる。よく見ればホールドの下には、たしかに数字やアルファベットが書き込まれたテープが貼ってある。

「うちでは青のテープが初級コースになっていまして、青１、青２、青３の三つのコースがあります。Ｓと書いてあるのがそのコースのスタート。ゴールはＧですね。スタートからゴールまで、同じ色、同じ数字のホールドだけを掴んで登るんです」

サエコがそう言って、「１Ｓ」と書かれた青いテープを指し示す。その手を少しずつ上げて青１のテープをいくつか指差すと、最後に「１Ｇ」に到達した。

なるほど、それが青１のコース。初級というだけあって、さほど難しそうではない。

「グレードが上がると足を置くホールドまで限定されますが、初級は自由です。スタートとゴールだけは、両手で持つのがルールです」

案外単純で分かりやすい。あらかじめ決められたルートを通って、ゴールを目指すスポーツなのだ。数字までは読み取れないが、白髪の女はオレンジのテープに挑戦している。

「以前あなたが挑戦していたコースは？」

「ええっと、どれでしたっけ」

「床と平行になりながら、ぱっと飛んだ――」

「ああ、それは黒テープの超人コースです。グレード表は、そちらに貼ってあります」

背後の壁に、クリアファイルに入った表が貼られていた。それによると青テープの初級コースは七級。そこから色ごとに級が上がってゆき、一級の上が黒テープだ。さすが、インストラクターというだけある。白髪の女が挑んでいるオレンジテープは、初級の一つ上の六級だった。

どうやら六級も、足を置く場所が限定されていないらしい。女は足の位置に悩み、途中で攻めあぐねている。

「ヤスエさん、そこクロスムーブね。ホールドの向きも意識して」

サエコからアドバイスが飛ぶ。白髪の女、もといヤスエさんは軽く首肯《しゅこう》し、足の置き所を定めると、腕をクロスさせて次のホールドを摑んだ。

「ナイス、ヤスエさん」

そのホールドがゴールだったらしい。ヤスエさんはもう一方の手もしっかりとホールドに添えてから、そろりそろりと下りてきた。サエコのように、飛び降りられるほどの若さはないのだ。

「ボルダリングにはああいうふうに、いくつかのムーブ、つまり体の動かしかたがあって、それをマスターできるように各コースを設定してあるんですよ」

「なるほど」

サエコの説明にしかつめらしく頷いて、小笠原はグレード表の隣に提示された料金プランに目をやった。

初回登録料は千円。更新料や年会費は一切かからず、一日の利用料が平日一般で千五百円。シューズなどのレンタル料を合わせても、なかなかリーズナブルである。

「ヤスエさん、クロスムーブはホールドを取った後、体をしっかりと反転させるのがポイントですよ」

会員になったら、名前で呼んでもらえるのだろうか。ヤスエさんへのレクチャーをなんとなく耳に挟みながら、助兵衛根性が頭をもたげる。サエコに「コウヘイさん」と呼ばれるところを想像すると、酸っぱいものでも食べたみたいに頬がきゅっと窄《すぼ》まった。

どうせなにも、いいことはないのだ。その程度の喜びくらい、享受《きょうじゅ》したっていいだろう。

「私も少し、やってみようかな」

格好をつけて、「私」などと言ってしまった。サエコが顔を輝かせる。

「はい、ぜひ！」

化粧っ気のない頬に赤みが差し、本当に喜んでくれたと分かる。商売なのだと分かっていても、小笠原は歓迎されたことが嬉しかった。

七

会員登録用紙に氏名と生年月日、住所や電話番号を書き込んでゆく。用紙の下半分は誓約書になっている。ボルダリングの性質上、怪我に繋がるかもしれず、後々面倒が起こらないようにしているのだろう。

必要事項をすべて埋めて、サエコに渡す。ざっと目を通してから、サエコはそれを受付のデスクに丁寧に仕舞った。

「小笠原さんですね。よろしくお願いします」

下の名前で呼んでくれないのか。残念だが、仕方がない。小笠原も「よろしく」と会釈《えしゃく》を返す。

シューズとチョークのレンタルは、初回のみ登録料に含まれているそうだ。チョークは手指の汗を吸わせるための白い粉である。チョークバッグという、腰につけるポーチに入れて貸し出された。自前の靴下は濡れているので、三百円で新しいものを買うことにする。

服装は、ポロシャツと綿《めん》のズボン。このままでもいいそうだ。サイズを伝えて手渡されたクライミングシューズは、ぴったりしすぎてむしろきつい。小さいのではないかと訴えると、ボルダリングの場合はそれでいいそうだ。登っているときに靴の中で足が動くと、思うように力が入れられない。そのためきつめを選ぶのだが、長時間履いていると痛くなってくるので、はじめは無理をしないようにと言いわたされた。

「それでは、青の1から登ってみましょう」

ヤスエさんが登れるのだから、自分もオレンジテープくらいはクリアできるのではと思ったが、ひとまずサエコに従うことにした。さっそく青の「1S」のホールドに手を掛けようとして、「待ってください」と止められる。

「登りはじめる前に、一歩引いてコースを確認するんです。登るルートを頭に入れて、手をどの順番でどこに掛けるか、体をどう動かすかをイメージしてください。これをオブザベーションといいます」

意外に頭を使うものだ。そうやって答えを探ってゆくから、ルートのことは「課題」とも呼ぶらしい。なんとなく分かってきた。ならばこのホールドを設置した人間が、出題者というわけだ。

とはいえ初級なのだから、難問ではない。青1のホールドは全部で五つ。まず右上に登り、それから左に舵《かじ》を切って、また右上へと登ってゆくコースだ。足は自由。ぼんやりとルートが見えてきた。

「基本の姿勢は、頭の少し上くらいでホールドを持って、足は肩幅より広く。体で二等辺三角形を作るイメージです。そして右手を上げるときは右足を上げ、左手を上げるときは左足を上げる。これも基本ですね」

青のコースは、その基本を習得するためにあるのだと理解した。そうと分かれば、あとは登るだけ。スタートのホールドを両手で掴み、二等辺三角形になるように両足も乗せる。

「ふっ！」

つい鼻息が洩れた。これはなかなか、腕がきつい。ヤスエさんはよくあの細い腕で、ホールドに掴まっていられたものだ。

「肘《ひじ》は曲げずに、伸ばしましょう。そのほうが腕に負担がかかりません。壁と体の間に空間ができるので、足も上げやすいんです」

サエコのアドバイスどおりにしてみると、たしかに腕への負荷《ふか》は減った。そういえば木にぶら下がるナマケモノも、腕はぴんと伸びている。きっとあの姿勢が省エネなのだろう。

さて次に狙うのは、右斜め上のホールド。「右手を上げるときは、右足を上げる」だ。右足をうんと体に引きつけて、次の足場を確保しようとする。

ところが困った。体が硬いのか、足がそこまで上がらない。

「足の裏全体でホールドを踏んでいるから、可動域が狭まっているんです。足裏は壁に対して九十度に。足の親指を使いましょう」

つまり、爪先立ちになれということか。足を滑らせてしまいそうで恐ろしいが、このままでは登れない。サエコに情けないところを見せたくはない。

その一念で、足の向きを変えて親指でぐっと踏み込む。シューズがきつく、ソールも柔らかいのは、足指の力を阻害《そがい》しないためと分かった。

壁との間により大きな隙間ができ、むしろ体が安定する。試しに右足を持ち上げてみると、さっきは届かなかったホールドに難なく達した。

体を引き上げ、青１のホールドを右手で摑む。「できた」と小さく呟いていた。

ただ一段登っただけ。それでも目線の高さが変わり、爽快だった。もっと、もっと上へ。小笠原は次のホールドに狙いをつける。

次は左方向への移動だ。さっきまで摑んでいたホールドに、左足を乗せてみる。だがそれでは、左手が次の青１にギリギリ届かない。もう一つ上だ。いったん体勢を立て直し、「ほっ！」と気合を入れて足を上げた。

届いた。体を引き上げ、目当てのホールドを左手で摑む。

すでに、軽く息が上がっている。こめかみに汗がじわりと滲み、腕の筋肉が熱を持ちはじめていた。

これより上のコースをするすると登っていたのだから、ヤスエさんはすごい。体重の軽い女性のほうが、有利なのかもしれない。

「はじめは腕の力だけで登ろうとしてしまいますから、気をつけて。足を使ってください」

サエコの助言がずいぶん下から聞こえてくる。彼女のように、ホールドからホールドへ飛び移れたらさぞ快感だろう。初級コースでも、これほど楽しいのだから。

そうだ、楽しい。さらに上へと移動を試みつつ、小笠原はふつふつと込み上げてくる笑みを噛み殺す。

まだこんなふうに、沸き立つ心があったのか。色彩のない井戸の底、その壁面に、カラフルな石が敷き詰められる。上へ、上へ。石の形をよく見て、どう攻めるかを考える。

楽しい。ホールドを一つ攻略するごとに、小さな達成感が積み上がってゆく。

あと一つ。次のホールドがゴールだ。大きな動きはなさそうだが、目標とする足場は小さい。

踏み外すのではないかという危惧は、やってやろうじゃないかという反骨心にすり替わる。

これは、出題者との対話だ。やみくもに、摑めるものを摑めばいいわけではない。正しいルートが設定されており、それを解けるかと問われている。一つ正解するごとに、相手の意図に近づいてゆく。

小笠原は恐れることなく小さな足場に右足を乗せた。落っこちたところで下はマットレスだ。死にはしない。

爪先でぐぐぐと踏ん張って、体を移動させる。右手がゴールのホールドを摑む。

やった！　と気を抜きかけたのもつかの間、「ゴールは両手ですよ」と言われ、そうだったと気を引き締め直す。腕の力だけで登るなとのことだが、足場が小さすぎるので右腕に頼った。どうにか体を持ち上げ、二等辺三角形になるように左の足場を確保してから、左手をゴールに添える。肩からどっと、力が抜けた。

「ナイスです！」

サエコが惜しみのない拍手で祝福してくれる。休憩中のヤスエさんまで手を叩いている。

定年退職の日でさえ、送り出されるときの拍手には力がなかった。それなのに壁をただ登っただけで、小笠原の健闘が称《たた》えられている。

いい気分だ。たかだか初級コースを制覇《せいは》しただけという事実を忘れてしまいそうだ。このままサエコのように、ぴょんと下に飛び降りてフィニッシュを決めようか。小笠原は首を捻り、足元に視線を移す。

思ったよりも、高かった。下から見上げた感じはそうでもなかったはずだが、登ってみると案外マットレスが遠い。人の視覚というのはあてにならないものだ。

無理はよくない。小笠原は安全そうな足場を探り、ゆっくりと下りていった。

「お疲れ様です。暑いですから、こまめに水分補給をしてくださいね」

マットレスの上に降り立つと、サエコが満面の笑みで迎えてくれた。汗が一気に噴き出てくる。フロアの隅には飲み物の自販機と、冷水機が設置されている。

小笠原は顎《あご》に伝う汗を手の甲で拭い、息を整えつつ壁面を見上げる。登る前とは違い、正しいルートが線になって見える気がした。一流のクライマーには、きっとオブザベーションの時点で見えているのだろう。これとは比べものにならない、複雑なルートでも。

「このホールドというのを設置するのは、どういう人なんですか」

なんとなく改まった口調で尋ねる。この壁を難なく登れるサエコに対し、敬意が芽生えはじめている。

「課題を作る側の人を、ルートセッターといいます。国際資格もありますけど、狭き門で、日本人の国際ルートセッターはまだ数人しかいませんね」

世の中にはまだまだ、知らない仕事があるものだ。

「へぇ。ここの課題も、そういう人が？」

「まさか。恥ずかしながら、私がコツコツと作りました」

サエコがふふっと肩をすくめる。その悪戯《いたずら》っぽい感じが、少女のようで可愛らしかった。

「そうでしたか、あなたが」

ならば小笠原は、サエコと無言の対話をしていたのだ。多くを語り合わなくても、その人となりが分かった気がする。彼女の差し伸べる手は優しい。もっとも、初級コースだからかもしれないが。

体はきつい。たぶん明日か明後日には、全身が筋肉痛になっている。それでも小笠原は、まだサエコと対話がしたかった。

「次は、青2ですか」

壁に顔を近づけて、次のスタート位置を探す。サエコが「焦らずに」と肩を叩いてきた。

「その前に、休憩を入れましょう。水分補給です」

年甲斐もなく、気が逸《はや》ってしまった。ヤスエさんはまだ、ホールドが埋まっているのとは反対の壁際に身を寄せて休憩を取っている。「分かるわぁ」とでも言いたげな、温かな眼差《まなざ》しが注がれていた。

会員には年寄りも多いというが、さもありなん。孤独な老人にとってこの壁は、格好の話し相手だ。勝手な推測だが、ヤスエさんもきっと寂しいのだろう。

だるくなってきた腕をぶらぶらと振り、小笠原は勧められたとおり、水を飲むことにする。ところがマットから左足を踏み出したとたん、足首に電流が走った。

「いてっ！」

ボルダリングに熱中するあまり、少しも気づかなかった。先日痛めた左足首を、途中で捻ってしまったらしかった。

八

サエコがタクシーを呼んでくれた。

肩を貸してくれようとするのを断って、ビルに横づけされた車へと向かう。だがあと少しのところで、スーツ姿のサラリーマンに横入りされた。

男はこちらに気づかぬ様子で、「駒沢《こまざわ》まで」と言いつつ乗り込もうとする。小笠原がぽかんとしていると、後を追いかけてきた部下らしき青年がスーツの背中を引っ張った。

「喜多川《きたがわ》さん、ダメですこれ迎車《げいしゃ》ですよ」

「えっ、ああ」

振り返ってようやく、小笠原と目が合った。バツが悪そうに頬を掻き、どうぞと促してくる。

「すみません。雨に濡れるまいと、急いでいたもので」

激しい降りではないが、男の肩はしっとりと濡れている。久しぶりに、雨に濡れたスーツの獣臭さを思い出した。焦って視野が狭まるのも分かる気がする。

小笠原が座席に腰を下ろすと、男はもう一度頭を下げてきた。部下の青年が、手にした折り畳み傘を差し出す。

「いいからほら、入ってください」

「でも広重《ひろしげ》くんは、嫌だろう」

「最近は気にしすぎなんですよ。どんだけ極端ですか」

タクシーのドアが閉まる寸前に、そんなやり取りが聞こえてきた。なんて生意気な部下だろうかと、鼻白《はなじろ》む。小笠原の若いころなら、「口の利き方がなってないない」と叱られそうなものである。同年輩らしき運転手もそう思ったか、バックミラー越しにちらりと窓の外を見た。

部下と相合傘をする羽目になった男は、なぜか嬉しそうだ。変な奴らだと思いつつ、小笠原は行き先を告げる。

病院へと言われたが、それほどの怪我でもない。しばらく安静にしていれば、痛みは引くだろう。しかしこの足が治るまで、青２に挑戦できないのが辛いところだ。

もっと登ってみたかった。壁との対話は、知らなかった自分に気づかせてくれる。腹の底が跳ねるような、わくわくした気持ちがまだ残っているとは思わなかった。

浮かれた気分に水を差すように、さっきからスマホが鳴り続けている。弘美からの着信だった。小笠原より、先に帰宅してしまったのだろう。

弘美より先に帰り、何食わぬ顔で出迎えてやるつもりだったのに、大きな誤算だ。着信を無視していると、『どこにいるの？』とメールまで送りつけてくる。

これはひと悶着《もんちゃく》あるなとうんざりしながら、小笠原は自宅の前でタクシーを降りた。

エンジン音を聞きつけたのか、弘美が玄関から転がり出てくる。片足を引きずって歩く夫を見て、血相《けっそう》を変えた。

「あなた、今度はなにをしたの！」

身から出た錆《さび》とはいえ、ひどい言われようだった。

「本当に、また人様に迷惑を掛けたわけじゃないのね？」

前にも増して足首を包帯でぐるぐる巻きにしつつ、弘美が念を押してくる。迷惑とはなんだと腹が立ったが、弘美の瞳が赤く濡れているのに気づき、口をつぐむ。

うるさいと、いつもなら切り捨ててしまう小言だった。分《ぶ》が悪くなると、大きな声を出して逃げてきた。

結婚して三十六年、妻の目とまともに向き合ってこなかった。反抗期の子供のように、甘えて顔を背《そむ》けていた。

弘美はいつだって、小笠原にとって都合の悪いことばかり口にした。

「お酒はほどほどに」「人にしたことは、自分に返ってくるわよ」「父の日くらい休めないの？」

「今日、友理の彼が挨拶に来るって言ってたじゃない」「お義母《かあ》さん、あなたに会いたがってたわよ」

そして今は、「カウンセリングに行ってみない？」だ。

「口うるさいな、お前は」

「はっ？」

うっかり零《こぼ》れ落ちてしまった言葉に、弘美の目が尖《とが》る。大失態だ。

「誰のせいだと思ってるの。私だって、すき好んでうるさくしているわけじゃないわよ」

「ああ、分かった。すまない」

弘美の苦言は切り捨ててきたくせに、自分は見ず知らずの他人に憤《いきどお》りをぶつけていた。誰もまともに聞いてくれないはずだ。あんなものは、酔っ払いがくだを巻くのと同じだった。

小笠原の殊勝《しゅしょう》な態度に、弘美が目を丸くする。すぐに、騙されてはいけないとばかりに首を振る。

「それで、今日はどこに行っていたのよ」

口うるさいと言われても、追及の手は緩めない。心配を掛けていたのだと、はじめて申し訳なく思う。

「カウンセリング」

心の中で、（の、ようなもの）とつけ加える。弘美が「えっ！」と、驚いたハトのように首を伸ばした。

「本当に、一人で行ったの？」

「ああ。ふらりと立ち寄ってみた」

嘘じゃない。あの壁は、そんじょそこらのカウンセラーよりも効果がある。げんにこうして、弘美を前にして謝ることができた。

「足が治ったら、また行く」

「やだ。あなた、どうしたの？」

弘美の手が伸びてきて、額《ひたい》に触れる。体調を心配されている。

素直な小笠原は気味が悪いらしい。だがこうして狼狽《うろた》えている弘美は、面白い。

「対話というのは、いいものだ」

「もしかして、おかしなものでも食べた？」

雨はまだ、降り続いている。それでも小笠原は天を仰ぎ、晴々と笑った。

この物語はフィクションです。

初出

本書は月刊文庫『文蔵』二〇一九年九月号〜二〇二〇年七・八月号に連載された作品を、加筆・修正したものです。

〈著者略歴〉

坂井希久子（さかい　きくこ）

1977年、和歌山県生まれ。同志社女子大学学芸学部卒業。2008年、「虫のいどころ」（「男と女の腹の蟲」を改題）でオール讀物新人賞を受賞。17年、『ほかほか蕗ご飯 居酒屋ぜんや』（ハルキ文庫）で髙田郁賞、歴史時代作家クラブ賞新人賞を受賞。著書に、『小説　品川心中』（二見書房）、『花は散っても』（中央公論新社）、『愛と追憶の泥濘』（幻冬舎）、「居酒屋ぜんや」シリーズなど。

雨の日は、一回休み

2021年6月24日　第1版第1刷発行

著　者　　坂井希久子
発行者　　後藤淳一
発行所　　株式会社ＰＨＰ研究所
東京本部　〒135-8137　江東区豊洲5-6-52
第三制作部　☎03-3520-9620（編集）
普及部　☎03-3520-9630（販売）
京都本部　〒601-8411　京都市南区西九条北ノ内町11
PHP INTERFACE　https://www.php.co.jp/
組　版　　朝日メディアインターナショナル株式会社
印刷所
製本所　　図書印刷株式会社

ISBN978-4-569-84945-4